D1668476

Der Schimmeltreiter
Eine Graphic Novel von Ute Helmbold

Der Schimmelreiter

Theodor Storm

Eine Graphic Novel
von Ute Helmbold

EDITION EICHTHAL

In der Mitte des vorigen Jahrhunderts gab es hier einen Deichgrafen, der von Deich- und Sielsachen mehr verstand, als Bauern und Hofbesitzer sonst zu verstehen pflegen. Sein Wissen hatte er sich, wenn auch von Kindesbeinen an, nur selber ausgesonnen. Er hatte ein paar Fennen, wo er Raps und Bohnen baute, auch eine Kuh graste, ging unterweilen im Herbst und Frühjahr auch aufs Landmessen und saß im Winter, wenn der Nordwest von draußen kam und an seinen Läden rüttelte, zu ritzen und zu prickeln, in seiner Stube.

Sein Sohn saß meist dabei und sah über seine Fibel weg dem Vater zu, wie er maß und berechnete, und grub sich mit der Hand in seinen blonden Haaren. Und eines Abends frug er den Alten, warum denn das, was er eben hingeschrieben hatte, gerade so sein müsse und nicht anders sein könne, und stellte dann eine eigene

Darf ich's behalten? Auch das?
Das kann ich dir nicht sagen, genug, es ist so, und du selber irrst dich. Willst du mehr wissen, so suche morgen aus der Kiste, die auf unserm Boden steht, ein Buch. Einer, der Euklid hieß, hat's geschrieben; das wird's dir sagen!

Meinung darüber auf. Aber der alte Deichgraf, der darauf nicht zu antworten wußte, schüttelte den Kopf.

Der Junge war tags darauf zum Boden gelaufen und hatte auch bald das Buch gefunden; denn viele Bücher gab es überhaupt nicht in dem Hause; aber der Vater lachte, als er es vor ihn auf den Tisch legte. Es war ein holländischer Euklid. und Holländisch verstanden alle beide nicht.
Aber das zweite Buch war eine kleine holländische Grammatik, und da der Winter noch lange nicht vorüber war, so hatte es, als endlich die Stachelbeeren in ihrem Garten wieder blühten, dem Jungen schon so weit geholfen, daß er den Euklid fast überall verstand.

Nimm sie alle beide!
Sie werden dir nicht
viel nützen.
Das wird ihn vom
Euklid kurieren

Als der Alte sah, daß der Junge weder für Kühe noch Schafe Sinn hatte und kaum gewahrte, wenn die Bohnen blühten, was doch die Freude von jedem Marschmann ist, und weiterhin bedachte, daß die kleine Stelle wohl mit einem Bauern und einem Jungen, aber nicht mit einem Halbgelehrten und einem Knecht bestehen könne, so schickte er seinen großen Jungen an den Deich, wo er mit andern Arbeitern von Ostern bis Martini Erde karren mußte.

Und der Junge karrte; aber den Euklid hatte er allzeit in der Tasche, und wenn die Arbeiter ihr Frühstück oder Vesper aßen, saß er auf seinem umgestülpten Schubkarren mit dem Buche in der Hand. Und wenn im Herbst die Fluten höher stiegen und manch ein Mal die Arbeit eingestellt werden mußte, dann ging er nicht mit den andern nach Haus, sondern blieb an der abfallenden Seeseite des Deiches

sitzen und sah stundenlang zu, wie die trüben Nordseewellen immer höher an die Grasnarbe des Deiches hinaufschlugen; erst wenn ihm die Füße überspült waren und der Schaum ihm ins Gesicht spritzte, rückte er ein paar Fuß höher. Er hörte weder das Klatschen des Wassers noch das Geschrei der Möwen und Strandvögel, die über ihm flogen und ihn fast mit ihren Flügeln streiften, mit den schwarzen Augen in die seinen blitzend; er sah auch nicht, wie vor ihm über die weite, wilde Wasserwüste sich die Nacht ausbreitete; was er allein hier sah, war der brandende Saum des Wassers, der mit hartem Schlage immer wieder dieselbe Stelle traf und vor seinen Augen die Grasnarbe des steilen Deiches auswusch.
Nach langem Hinstarren nickte er wohl langsam mit dem Kopfe oder zeichnete, ohne aufzusehen, mit der Hand eine weiche Linie in die Luft, als ob er dem Deiche

Was treibst du draußen? Du hättest ja versaufen können, die Wasser beißen heute in den Deich.
Hörst du mich nicht? Ich sag, du hättst versaufen können.
Aber ich bin doch nicht versoffen!
Unsere Deiche sind nichts wert! Sie taugen nichts, Vater!
Die Wasserseite ist zu steil, wenn es einmal kommt, wie es mehr als einmal schon gekommen ist, so können wir hier auch hinterm Deich ersaufen! Die Deiche müssen anders werden!
Nun, du kannst es ja vielleicht zum Deichgraf bringen, dann mach sie anders!
Ja, Vater!

damit einen sanfteren Abfall geben wollte. Wurde es so dunkel, daß alle Erdendinge vor seinen Augen verschwanden und nur die Flut ihm in die Ohren donnerte, dann stand er auf und trabte halb durchnäßt nach Hause.

Als er so eines Abends zu seinem Vater in die Stube trat, der an seinen Meßgeräten putzte, fuhr dieser auf. Hauke sah ihn trotzig an. Der Alte lachte ihm ins Gesicht. Ein ärgerliches Lachen stieß er aus. Aber der Junge ließ sich nicht irren. Der Alte holte seinen Kautabak aus der Tasche, drehte einen Schrot ab und schob ihn hinter die Zähne. Er schluckte ein paarmal; dann ging er aus der Tür; er wußte nicht, was er dem Jungen antworten sollte.

Ihr könnt nichts Rechtes, so wie die
Menschen auch nichts können!

Auch als zu Ende Oktobers die Deicharbeit vorbei war, blieb der Gang nordwärts nach dem Meer hinaus für Hauke Haien die beste Unterhaltung. Stand eine Springflut bevor, so konnte man sicher sein, er lag trotz Sturm und Wetter weit draußen am Deiche mutterseelenallein; und wenn die Möwen gackerten, wenn die Wasser gegen den Deich tobten und beim Zurückrollen ganze Fetzen von der Grasdecke mit ins Meer hinabrissen, dann hätte man Haukes zorniges Lachen und Schreien hören können.

Glaubt nicht, daß sie wie Menschen aussahen, nein, wie die Seeteufel! So große Köpfe. Gnidderschwarz und blank, wie frischgebacken Brot! Und die Krabben hatten sie angeknabbert, und die Kinder schrien laut, als sie sie sahen!
Sie haben wohl seit November schon in See getrieben!

Im Februar bei dauerndem Frostwetter wurden angetriebene Leichen aufgefunden; draußen am offenen Meer auf den gefrorenen Watten hatten sie gelegen. Ein junges Weib, die dabeigewesen war, als man sie in das Dorf geholt hatte, stand redselig vor dem alten Haien, aber dem war so was just nichts Neues.

Hauke stand schweigend daneben; aber sobald er konnte, schlich er sich auf den Deich hinaus; es war nicht zu sagen, wollte er nach weiteren Toten suchen, oder zog ihn nur das Grauen, das noch auf den jetzt verlassenen Stellen brüten mußte. Er lief weiter und weiter, bis er einsam in der Öde stand, wo nur die Winde über den Deich wehten, wo nichts war als die klagenden Stimmen der großen Vögel, die rasch vorüberschossen; zu seiner Linken die leere weite Marsch, zur andern

Seite der unabsehbare Strand mit seiner jetzt vom Eise schimmernden Fläche der Watten; es war, als liege die ganze Welt in weißem Tod.

Hauke blieb oben auf dem Deiche stehen, und seine scharfen Augen schweiften weit umher; aber von Toten war nichts mehr zu sehen; nur wo die unsichtbaren Wattströme sich darunter drängten, hob und senkte die Eisfläche sich in stromartigen Linien.

Er lief nach Hause; aber an einem der nächsten Abende war er wiederum da draußen. Auf jenen Stellen war jetzt das Eis gespalten; wie Rauchwolken stieg es aus den Rissen, und über das ganze Watt spann sich ein Netz von Dampf und Nebel, das sich seltsam mit der Dämmerung des Abends mischte. Hauke sah mit starren Augen darauf hin; denn in dem Nebel schritten dunkle Gestalten auf und

ab, sie schienen ihm so groß wie Menschen. Würdevoll, aber mit seltsamen, erschreckenden Gebärden; mit langen Nasen und Hälsen sah er sie fern an den rauchenden Spalten auf und ab spazieren; plötzlich begannen sie wie Narren unheimlich auf und ab zu springen, die großen über die kleinen und die kleinen gegen die großen; dann breiteten sie sich aus und verloren alle Form.
Erst als die Finsternis alles bedeckte, schritt er steifen, langsamen Schrittes heimwärts. Aber hinter ihm drein kam es wie Flügelrauschen und hallendes Geschrei. Er sah sich nicht um; aber er ging auch nicht schneller und kam erst spät nach Hause; doch niemals soll er seinem Vater oder einem andern davon erzählt haben.

Was wollen die?
Sind es die Geister der Ertrunkenen?
Ihr sollt mich nicht vertreiben!

So für sich, und am liebsten nur mit Wind und Wasser und mit den Bildern der Einsamkeit verkehrend, wuchs Hauke zu einem langen, hageren Burschen auf. Er war schon über ein Jahr lang eingesegnet, da wurde es auf einmal anders mit ihm, und das kam von dem weißen Angorakater, welchen der alten Trin' Jans ihr später verunglückter Sohn von seiner spanischen Seereise mitgebracht hatte. Trin wohnte ein gut Stück hinaus auf dem Deiche in einer kleinen Kate, und wenn die Alte in ihrem Hause herumarbeitete, so pflegte diese Unform von einem Kater vor der Haustür zu sitzen und in den Sommertag und nach den vorüberfliegenden Kiebitzen hinauszublinzeln. Ging Hauke vorbei, so maunzte der Kater ihn an, und Hauke nickte ihm zu; die beiden wußten, was sie miteinander hatten.

Nun aber war's einmal im Frühjahr, und Hauke lag nach seiner Gewohnheit oft draußen am Deich und ließ sich von der schon kräftigen Sonne bescheinen. Er hatte sich tags zuvor droben auf der Geest die Taschen voll von Kieseln gesammelt, und als in der Ebbezeit die Watten bloßgelegt waren und die kleinen grauen Strandläufer schreiend darüber hinhuschten, holte er jählings einen Stein hervor und warf ihn nach den Vögeln. Er hatte das von Kindesbeinen an geübt, und meistens blieb einer auf dem Schlicke liegen.
Hauke hatte schon daran gedacht, den Kater mitzunehmen und als apportierenden Jagdhund zu dressieren. Aber es gab auch hier und dort feste Stellen oder Sandlager; solchenfalls lief er hinaus und holte sich seine Beute selbst. Saß der Kater bei seiner Rückkehr noch vor der Haustür, dann schrie das Tier vor nicht zu bergender

Raubgier so lange, bis Hauke ihm einen der erbeuteten Vögel zuwarf.

Als er heute, seine Jacke auf der Schulter, heimging, trug er nur einen ihm noch unbekannten, aber wie mit bunter Seide und Metall gefiederten Vogel mit nach Hause, und der Kater mauzte wie gewöhnlich, als er ihn kommen sah. Aber Hauke wollte seine Beute – es mag ein Eisvogel gewesen sein – diesmal nicht hergeben. Der Kater kam vorsichtigen Schrittes herangeschlichen; Hauke stand und sah ihn an, der Vogel hing an seiner Hand, und der Kater blieb mit erhobener Tatze stehen. Doch der Bursche schien seinen Katzenfreund nicht so ganz zu kennen; denn während er ihm seinen Rücken zugewandt hatte, fühlte er mit einem Ruck die Jagdbeute sich entrissen, und zugleich schlug eine scharfe Kralle ihm ins Fleisch.

Das hier ist kein
Katerfressen!
Hoiho!
Wollen sehen, wer's
von uns beiden am
längsten aushält!

Ein Grimm, wie gleichfalls eines Raubtiers, flog dem jungen Menschen ins Blut; er griff wie rasend um sich und hatte den Räuber schon am Genicke gepackt. Mit der Faust hielt er das mächtige Tier empor und würgte es, daß die Augen ihm aus den rauhen Haaren vorquollen, nicht achtend, daß die starken Hintertatzen ihm den Arm zerfleischten.
Plötzlich fielen die Hinterbeine der großen Katze schlaff herunter, und Hauke ging ein paar Schritte zurück und warf sie gegen die Kate der Alten. Da sie sich nicht rührte, wandte er sich und setzte seinen Weg nach Hause fort.

Bist du bald fertig? Dann laß dir sagen: ich will dir einen Kater schaffen, der mit Maus- und Rattenblut zufrieden ist!
Tot! Tot! Du sollst verflucht sein! Du hast ihn totgeschlagen, du nichtsnutziger Strandläufer, du warst nicht wert, ihm seinen Schwanz zu bürsten!

Aber der Angorakater war das Kleinod seiner Herrin. Hauke mochte kaum hundert Schritte weiter getan haben, während er mit einem Tuch das Blut aus seinen Wunden auffing, als schon von der Kate her ihm ein Geheul und Zetern in die Ohren gellte. Da wandte er sich und sah das alte Weib am Boden liegen; das greise Haar flog ihr im Winde um das rote Kopftuch. Sie schrie und erhob dräuend ihren mageren Arm gegen ihn.

Was schleppt sie da, Trina?
Mehr als dein Haus und Hof.
Na, Trin'! Was bringt sie Neues in Ihrem Sack?

Darauf ging er. Aber die tote Katze mußte ihm doch im Kopfe Wirrsal machen, denn er ging, als er zu den Häusern gekommen war, dem seines Vaters und auch den übrigen vorbei und eine weite Strecke noch nach Süden auf dem Deich der Stadt zu.

Inmittelst wanderte auch Trin' Jans auf demselben in der gleichen Richtung; sie trug in einem alten blaukarierten Kissenüberzug eine Last in ihren Armen, die sie sorgsam, als wär's ein Kind, umklammerte. Als sie dem unten liegenden Hause des alten Haien nahe kam, ging sie schräg an der Seite des Deiches zu den Häusern hinunter.
Der alte Tede Haien stand eben vor der Tür und sah ins Wetter, als sie pustend vor ihm stand und ihren Krückstock in die Erde bohrte. Ihre Augen sahen ihn mit seltsamem

Erst laß mich in die Stube, Tede Haien! Dann soll Er's sehen!
Da hat Er ihn! Sein Hauke hat ihn totgeschlagen.

Funkeln an. Und als beide eingetreten waren, nahm sie den blauen Überzug bei beiden Zipfeln und schüttelte daraus den großen Katerleichnam auf den Tisch und begann ein bitterliches Weinen; sie streichelte das dicke Fell des toten Tieres, legte ihm die Tatzen zusammen, neigte ihre lange Nase über dessen Kopf und raunte ihm unverständliche Zärtlichkeiten in die Ohren. Die Alte streichelte das Fell ihres toten Katers. Sie sah, als suche sie bei dieser Erinnerung nach Zustimmung, den neben ihr am Tische stehenden Alten mit ihren funkelnden Augen an.
Tede Haien aber war bedächtig und ging nach seiner Schatulle und nahm eine Silbermünze aus der Schublade. Schon hatte das Weib nach dem Taler gegriffen und stakte zur Tür hinaus.

Kein Kind, kein Lebigs mehr!

Und Er weiß es ja wohl auch, uns Alten, wenn's nach Allerheiligen kommt, frieren abends im Bett die Beine, und statt zu schlafen, hören wir den Nordwest an unseren Fensterläden rappeln. Ich hör's nicht gern, Tede Haien, er kommt daher, wo mein Junge mir im Schlick versank.

Der Kater aber, wenn ich winters am Spinnrad saß, dann saß er bei mir und spann auch und sah mich an mit seinen grünen Augen! Und kroch ich, wenn's mir kalt wurde, in mein Bett – es dauerte nicht lang, so sprang er zu mir und legte sich auf meine frierenden Beine, und wir schliefen so warm mitsammen, als hätte ich noch meinen jungen Schatz im Bett!

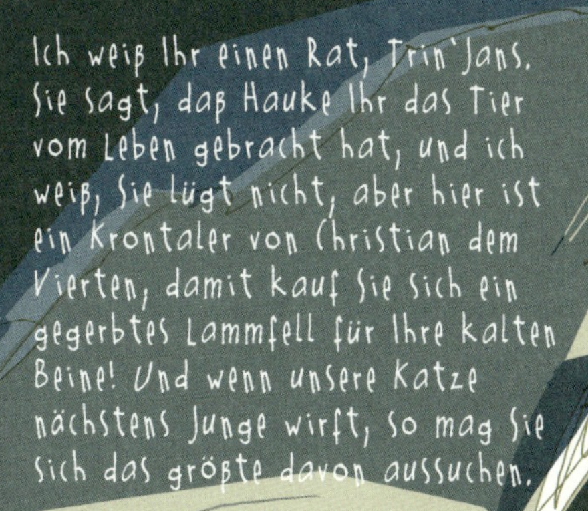
Ich weiß Ihr einen Rat, Trin' Jans. Sie sagt, daß Hauke Ihr das Tier vom Leben gebracht hat, und ich weiß, Sie lügt nicht, aber hier ist ein Krontaler von Christian dem Vierten, damit kauf Sie sich ein gegerbtes Lammfell für Ihre kalten Beine! Und wenn unsere Katze nächstens Junge wirft, so mag Sie sich das größte davon aussuchen.
Und nun nehm Sie das Vieh und halt Sie das Maul, daß es hier auf meinem ehrlichen Tisch gelegen hat!
Vergiß Er mir nur den jungen Kater nicht!

Was ist denn das?
Das mit dem Kater hab ich rein gemacht.
Das ist Blut, was du hast fließen machen!
Ist denn Trin' Jans mit ihrem Kater hier gewesen?
Weshalb hast du ihr den totgeschlagen?
Er hat mir den Vogel fortgerissen!
Aber, siehst du, Hauke, die Kate ist hier zu klein, zwei Herren können darauf nicht sitzen – es ist nun Zeit, du mußt dir einen Dienst besorgen!
Ja, Vater, hab dergleichen auch gedacht. Der Deichgraf hat seinen Kleinknecht fortgejagt, das könnt ich schon verrichten!

Eine Weile später trat Hauke herein und warf seinen bunten Vogel auf den Tisch; als er aber auf der weiß gescheuerten Platte den noch kennbaren Blutfleck sah, schoß es dem Jungen heiß ins Gesicht. Der Alte begann eine Zeitlang auf und ab zu gehen. Hauke entblößte seinen blutigen Arm.
Da blieb Tede Haien vor dem Jungen stehn und sah eine Weile wie abwesend auf ihn hin. Er schob nur bedächtig seinen Tabaksknoten aus einer Backe hinter die andere.

Und du denkst, du wirst dort mitrechnen können.
o ja, Vater, das möcht schon gehen.
Nun, aber meinethalb, versuch einmal dein Glück!
Dank auch, Vater!

Hauke wollte gleich gehen, damit kein anderer ihm die Stelle abjage; es war ja kaum noch Abend. Und so zog er seine Sonntagsjacke und seine besten Stiefel an und machte sich guten Mutes auf den Weg.

Guten Abend auch! Wonach guckst du denn mit deinen großen Augen, Jungfer Elke?
Nach dem, was hier alle Abend vor sich geht, aber hier nicht alle Abend just zu sehen ist.
Was willst du, Hauke Haien?

Das langgestreckte Haus des Deichgrafen war besonders durch den höchsten Baum des Dorfes, eine gewaltige Esche, schon von weitem sichtbar.
Als der lang aufgeschossene Hauke die hohe Werfte hinaufstieg, sah er droben die Tochter des Hauswirts neben der niedrigen Haustür stehen. Ihr einer etwas hagerer Arm hing schlaff herab, die andere Hand schien im Rücken nach dem Eisenring zu greifen, von denen je einer zu beiden Seiten der Tür in der Mauer war, damit, wer vor das Haus ritt, sein Pferd daran befestigen könne. Die Dirne schien von dort ihre Augen über den Deich hinaus nach dem Meer zu haben, wo an dem stillen Abend die Sonne eben in das Wasser hinabsank und zugleich das bräunliche Mädchen mit ihrem letzten Schein vergoldete. Dann ließ sie ihre Blicke an Hauke herunterlaufen. Sie sah ihn dabei fast düster an, doch Hauke hielt ihr tapfer stand.

Was dir hoffentlich nicht zuwider ist. Dein Vater hat seinen Kleinknecht fortgejagt, da dachte ich bei euch in Dienst.
Du bist noch so was schlanterig, Hauke! Aber uns dienen zwei feste Augen besser als zwei feste Arme! So komm, der Wirt ist in der Stube, laß uns hineingehen!

Am andern Tage trat Tede Haien mit seinem Sohne in das geräumige Zimmer des Deichgrafen. Der starke, etwas schlagflüssige Hauswirt saß am Ende des blankgescheuerten Tisches im Lehnstuhl auf seinem bunten Wollenpolster. Er hatte seine Hände über dem Bauch gefaltet und starrte aus seinen runden Augen befriedigt auf das Gerippe einer fetten Ente; Gabel und Messer ruhten vor ihm auf dem Teller. Tede Haien grüßte, indem er sich auf die an der Wand entlanglaufende Bank dem andern gegenübersetzte. Hauke stand, die Hände in den Seitentaschen, am Türpfosten, hatte den Kopf im Nacken und studierte an den Fensterrahmen ihm gegenüber. Der Deichgraf hatte die Augen zu ihm gehoben und nickte hinüber.

Ich komme, Deichgraf, denn Ihr habt Verdruß mit Euerem Kleinknecht gehabt und seid mit meinem Jungen einig geworden, ihn an dessen Stelle zu setzen!
Ja, Tede, freilich Verdruss genug! Der dicke Mopsbraten hatte die Kälber nicht getränkt, aber er lag vollgetrunken auf dem Heuboden, und das Viehzeug schrie die ganze Nacht vor Durst.

Aber dafür ist keine Gefahr bei meinem Jungen.

Bei Gott
und Jesus,
sie sieht
auch so
nicht dösig
aus!

Nein, nein, Tede, der Schulmeister hat's mir schon vordem gesagt, Euer Hauke sitzt lieber vor der Rechentafel als vor einem Glas mit Branntwein. Ihr wisset, Tede, unser Herrgott hat mir einen Sohn versagt! Euer Hauke wird außer im Felde auch hier in meiner Stube mit Feder oder Rechenstift profitieren können, was ihm nicht schaden wird!

Ja, Deichgraf, das wird er, da hab Ihr völlig recht!

Hauke hörte nicht, denn Elke war in die Stube getreten und nahm mit ihrer leichten Hand die Reste der Speisen von dem Tisch, ihn mit ihren dunkeln Augen flüchtig streifend. Da fielen seine Blicke auch auf sie.

Der alte Haien begann dann noch einige Vergünstigungen bei dem Mietkontrakt sich auszubedingen, die abends vorher von seinem Sohne nicht bedacht waren. So sollte dieser außer seinen leinenen Hemden im Herbst auch noch acht Paar wollene Strümpfe als Zugabe seines Lohnes genießen; so wollte er selbst ihn im Frühling acht Tage bei der eigenen Arbeit haben, und was dergleichen mehr war. Aber der Deichgraf war zu allem willig; Hauke Haien schien ihm eben der rechte Kleinknecht.

Nun, Gott tröst dich, Junge, wenn der dir die Welt klarmachen soll!
Laß Er nur, Vater, es wird schon alles werden.

Und Hauke hatte so unrecht nicht gehabt; die Welt, oder was ihm die Welt bedeutete, wurde ihm klarer, je länger sein Aufenthalt in diesem Hause dauerte, und je mehr er auf seine eigene Kraft angewiesen war, mit der er sich von jeher beholfen hatte. Einer freilich war im Hause, für den er nicht der Rechte zu sein schien; das war der Großknecht Ole Peters, ein tüchtiger Arbeiter und ein maulfertiger Geselle. Ihm war der träge, aber dumme und stämmige Kleinknecht von vorher besser nach seinem Sinn gewesen, den er nach Herzenslust hatte herumstoßen können. Dem noch stilleren, aber ihn geistig überragenden Hauke vermochte er in solcher Weise nicht beizukommen; er hatte eine gar zu eigene Art, ihn anzublicken. Trotzdem verstand er es, Arbeiten für ihn auszusuchen, die seinem

noch nicht gefesteten Körper hätten gefährlich werden können, und Hauke faßte nach Kräften an und brachte es, wenn auch mit Mühsal, doch zu Ende. Ein Glück war es für ihn, daß Elke selbst oder durch ihren Vater das meistens abzustellen wußte. Man mag wohl fragen, was mitunter ganz fremde Menschen aneinander bindet; vielleicht – sie waren beide geborene Rechner, und das Mädchen konnte ihren Kameraden in der groben Arbeit nicht verderben sehen.

Es war an einem Maiabend, aber es war Novemberwetter; drinnen im Hause hörte man hinterm Deich die Brandung donnern. Der Hausherr rief nach Hauke und schickte Elke in den Stall, um dem Großknecht die Bestellung zu machen. Der war eben damit beschäftigt, das über Tag gebrauchte Pferdegeschirr wieder an seinen

He, Hauke komm herein, nun magst du weisen, ob du rechnen kannst!
Uns' Weert, ich soll aber erst das Jungvieh füttern!
Elke! Wo bist du, Elke! Geh zu Ole und sag ihm, er sollte das Jungvieh füttern, Hauke soll rechnen!
Hol der Teufel den verfluchten Schreiberknecht!

Platz zu hängen. Ole Peters schlug mit einer Trense gegen den Ständer, neben dem er sich beschäftigte, als wolle er sie kurz und klein haben: Elke hörte seine Worte noch, bevor sie die Stalltür wieder geschlossen hatte.
Als sie in die Stube trat, setzte sie sich Hauke gegenüber auf einen grobgeschnitzten Holzstuhl. Sie hatte aus einem Schubkasten einen weißen Strumpf mit rotem Vogelmuster genommen, an dem sie nun weiterstrickte; die langbeinigen Kreaturen darauf mochten Reiher oder Störche bedeuten sollen. Hauke saß ihr gegenüber, in seine Rechnerei vertieft, der Deichgraf selbst ruhte in seinem Lehnstuhl und blinzelte schläfrig nach Haukes Feder. Mitunter hob Hauke seinen Kopf von der Arbeit und blickte einen Augenblick nach den Vogelstrümpfen oder nach dem schmalen ruhigen Gesicht des Mädchens.

Wo hast du das gelernt, Elke?
Was gelernt?
Das Vogelstricken.
Das? Von Trin' Jans draußen am Deich, sie kann allerlei, sie war vorzeiten einmal bei meinem Großvater hier im Dienst.
Da warst du aber wohl noch nicht geboren?
Ich denk wohl nicht, aber sie ist noch oft ins Haus gekommen.

Hat denn die die Vögel gern? Ich meint, sie hielt es nur mit Katzen!
Sie zieht ja Enten und verkauft sie, aber im vorigen Frühjahr, als du den Angorer totgeschlagen hattest, sind ihr hinten im Stall die Ratten dazwischengekommen, nun will sie sich vorn am Hause einen andern bauen.
So, hat sie denn Konzession?

Da tat es aus dem Lehnstuhl plötzlich einen lauten Schnarcher, und ein Blick und ein Lächeln flog zwischen den beiden jungen Menschen hin und wider; dann folgte allmählich ein ruhigeres Atmen; man konnte wohl ein wenig plaudern; Hauke wußte nur nicht, was.

Als sie aber das Strickzeug in die Höhe zog und die Vögel sich nun in ihrer ganzen Länge zeigten, flüsterte er über den Tisch herüber.

Er hatte aber das letzte Wort so laut gesprochen, dass der Deichgraf aus seinem Schlummer auffuhr. Als Hauke ihm die Sache vorgetragen hatte, klopfte er ihm lachend auf die Schulter und der Deichgraf setzte sich vollends auf. Seine Augen waren immer größer geworden.

Hauke bemerkte erst jetzt, daß Elke ihre klugen Augen auf ihn gerichtet hatte und leise ihren Kopf schüttelte. Er schwieg, aber ein Faustschlag, den der Alte auf den Tisch tat, dröhnte ihm in die Ohren; und Hauke erschrak beinahe über die Bärenstimme, die plötzlich hier hervorbrach. Dann lehnte der Deichgraf sich wieder in seinen Stuhl zurück, ruckte den schweren Körper ein paarmal und überließ sich bald dem sorglosen Schlummer.

Dergleichen wiederholte sich an manchem Abend. Hauke hatte scharfe Augen und unterließ es nicht, wenn sie beisammensaßen, das eine oder andre von schädlichem Tun oder Unterlassen in Deichsachen dem Alten vor die Augen zu rücken.

Aber, uns' Weert, es tät wohl dem und jenem ein kleiner Zwicker gut. Und wollet Ihr ihn nicht selber greifen, so zwicket den Gevollmächtigten, der auf die Deichordnung passen soll!
Wie, was sagt der Junge?

Ja, uns' Weert. Ihr habt doch schon die Frühlingsschau gehalten, aber trotzdem hat Peter Jansen auf seinem Stück das Unkraut auch noch heute nicht gebuscht. Im Sommer werden die Stieglitzer da wieder lustig um die roten Distelblumen spielen!
Und dicht daneben, ich weiß nicht, wem's gehört, ist an der Außenseite eine ganze Wiege in dem Deich, bei schön Wetter liegt es immer voll von kleinen Kindern, die sich darin wälzen, aber –

Gott bewahr uns vor Hochwasser!

Und dann -
Was dann noch, Junge? Bist du noch nicht fertig?

Da soll das Wetter dreinschlagen!
Der Herr Oberdeichgraf und ich,
nachdem wir zusammen in meinem
Hause hier gefrühstückt hatten,
sind im Frühjahr an deinem
Unkraut und an deiner Wiege
vorbeigefahren und haben's doch
nicht sehen können.
Ihr beide aber danket Gott,
daß ihr nicht Deichgraf seid!
Zwei Augen hat man nur, und
mit hundert soll man sehen.
Nimm nur die Rechnungen über
die Bestickungsarbeiten, Hauke,
und sieh sie nach, die Kerls
rechnen oft zu liederlich!

Schad nur, daß der Bengel nicht den gehörigen Klei unter den Füßen hat, aber die paar Demat seines Alten, die täten's denn doch nicht!

Und da der Deichgraf nicht immer die Augen schließen konnte, so kam ein lebhafterer Geschäftsgang in die Verwaltung, und die, welche früher im alten Schlendrian fortgesündigt hatten und jetzt unerwartet ihre frevlen oder faulen Finger geklopft fühlten, sahen sich unwillig und verwundert um, woher die Schläge denn gekommen seien. Die andern aber, welche nicht getroffen waren oder denen es um die Sache selbst zu tun war, lachten und hatten ihre Freude, daß der Junge den Alten doch einmal etwas in Trab gebracht habe.

Als im nächsten Herbst der Herr Amtmann und Oberdeichgraf zur Schauung kam, sah er sich den alten Tede Volkerts von oben bis unten an, während dieser ihn zum Frühstück nötigte. Tede Volkerts sah sich in der Stube um, ob auch nicht etwa Hauke um die Wege sei.

Wahrhaftig, Deichgraf, Ihr habt mir diesmal mit all Euern Vorschlägen warm gemacht, wenn wir mit alledem nur heute fertig werden!

Wird schon, wird schon, gestrenger Herr Oberdeichgraf, der Gansbraten da wird schon die Kräfte stärken. So hoffe ich zu Gott, noch meines Amtes ein paar Jahre in Segen warten zu können.
Und darauf, lieber Deichgraf, wollen wir dieses Glas zusammen trinken!

Nu, Elke!
Ja, Hauke, eben hättest du drinnen sein müssen! Der Herr Oberdeichgraf hat den Wirt gelobt!
Den Wirt? Was tut das mir?

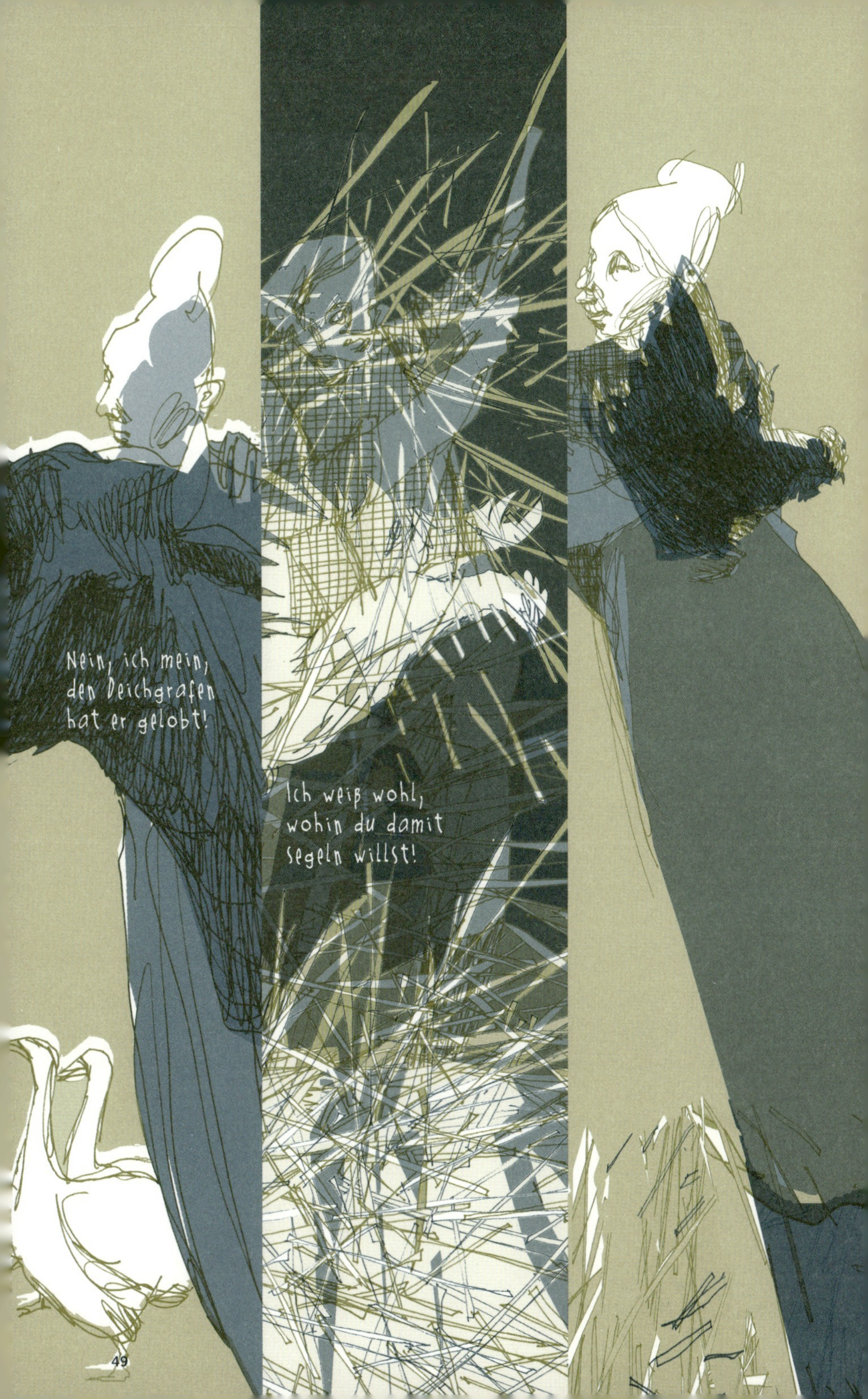
Nein, ich mein, den Deichgrafen hat er gelobt!
Ich weiß wohl, wohin du damit segeln willst!

Auch du doch, Elke!
Nein, Hauke, als ich allein der Helfer war, da wurden wir nicht gelobt. Ich kann ja auch nur rechnen, du aber siehst draußen alles, was der Deichgraf doch wohl selber sehen sollte. Du hast mich ausgestochen!
Ich hab das nicht gewollt, dich am mindsten.

Elke, die das Frühstück bestellt hatte, ging eben, während die Gläser aneinanderklangen, mit leisem Lachen aus der Stubentür. Im Stall stand Hauke Haien und steckte den Kühen mit der Furke Heu in ihre Raufen. Als er aber das Mädchen kommen sah, stieß er die Furke auf den Grund. Sie blieb stehen und nickte ihm zu. Ein dunkles Rot flog über das Gesicht des jungen Menschen. Hauke sah sie mit halbem Lächeln an. Aber sie schüttelte den Kopf und er stieß den Kopf einer Kuh zur Seite.

Da streckte Hauke ihr seinen Arm entgegen und ein tiefes Rot schoß unter die dunkeln Brauen des Mädchens. Hauke wollte antworten; aber sie war schon zum Stall hinaus, und er stand mit seiner Furke in der Hand und hörte nur, wie draußen die Enten und Hühner um sie schnatterten und krähten.

Denk nur nicht, daß mir's leid tut, Hauke. Das ist ja Mannessache!
Elke, gib mir die Hand darauf!
Warum? Ich lüg ja nicht!

Es war im Januar von Haukes drittem Dienstjahr, als ein Winterfest gehalten werden sollte; »Eisboseln« nennen sie es hier. Ein ständiger Frost hatte beim Ruhen der Küstenwinde alle Gräben zwischen den Fennen mit einer festen ebenen Kristallfläche belegt, so daß die zerschnittenen Landstücke nun eine weite Bahn für das Werfen der kleinen, mit Blei ausgegossenen Holzkugeln bildeten. Die Geestleute in dem zu Osten über der Marsch belegenen Kirchdorf, die im vorigen Jahre gesiegt hatten, waren zum Wettkampf gefordert und hatten angenommen; von jeder Seite waren neun Werfer aufgestellt; auch der Obmann und die Kretler waren gewählt, die bei Streitfällen über einen zweifelhaften Wurf miteinander zu verhandeln hatten.

Er wird's nicht wagen, Hauke, er ist ein Tagelöhnersohn, dein Vater hat Kuh und Pferd und ist dazu der klügste Mann im Dorf!
Aber, wenn er's dennoch fertigbringt?
Dann soll er sich den Mund wischen, wenn er abends mit seines Wirts Tochter zu tanzen denkt!

Es war gegen Abend vor dem Festtag; in der Nebenstube des Kirchspielskruges war eine Anzahl von den Werfern erschienen, um über die Aufnahme einiger zuletzt noch Angemeldeten zu beschließen. Hauke Haien war auch unter diesen; er hatte erst nicht wollen, obschon er seiner wurfgeübten Arme sich wohl bewußt war, aber er fürchtete, durch Ole Peters, der einen Ehrenposten in dem Spiel bekleidete, zurückgewiesen zu werden. Aber Elke hatte ihm noch den Sinn gewandt. Sie sah ihn halb lächelnd aus ihren dunkeln Augen an. Da hatte Hauke ihr mutig zugenickt.

Nun standen die jungen Leute, die noch in das Spiel hineinwollten, frierend und fußtrampelnd vor dem Kirchspielskrug. Der eine der jungen Burschen begann heftig auf und ab zu wandern, ein zweiter ging in das Haus und stellte sich horchend

Kleinknechte
und Jungens
gehören
nicht dazu!
Hör, Hauke, nun
schreien sie um dich!

neben die Tür der Stube, aus der jetzt ein lebhaftes Durcheinanderreden herausscholl; auch des Deichgrafen Kleinknecht war neben Hauke getreten. Der suchte Hauke am Rockärmel in die Stubentür zu ziehen, Und deutlich hörte man von drinnen Ole Peters' knarrende Stimme.

Aber Hauke riß sich los und ging wieder vor das Haus. Der Lärm in der Stube wurde stärker; dann allmählich trat eine Stille ein; die draußen hörten wieder den leisen Nordost, der sich oben an der Kirchturmspitze brach.
Der Horcher trat wieder zu ihnen und berichtete. Fast in demselben Augenblicke wurde drinnen im Hause die Stubentür aufgerissen und es rief laut und fröhlich in die Nacht hinaus.

Komm Hauke, hier kannst du lernen, wie hoch sie dich taxieren!
Sie haben uns nicht ausgesperrt, damit wir's hören sollen!
Wen hatten sie da drinnen?

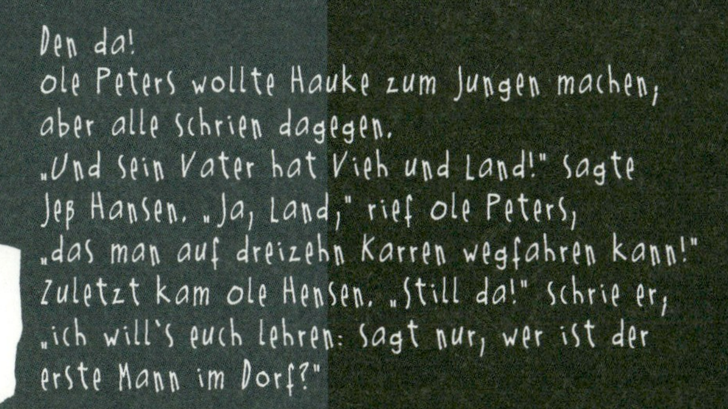

Den da!
Ole Peters wollte Hauke zum Jungen machen; aber alle schrien dagegen.
„Und sein Vater hat Vieh und Land!" sagte Jeß Hansen. „Ja, Land," rief Ole Peters, „das man auf dreizehn Karren wegfahren kann!" Zuletzt kam Ole Hensen. „Still da!" schrie er, „ich will's euch lehren: Sagt nur, wer ist der erste Mann im Dorf?"

Da sagte eine Stimme: "Das ist doch wohl der Deichgraf!"
„Und wer ist denn der Deichgraf?" rief Ole Hensen wieder. Da begann einer leis zu lachen, und dann wieder einer, bis zuletzt nichts in der Stube war als lauter Lachen.
„Nun, so ruft ihn," sagte Ole Hensen, "ihr wollt doch nicht den Deichgrafen von der Tür stoßen!"
Ich glaub, sie lachen noch, aber Ole Peters' Stimme war nicht mehr zu hören!

Hauke!
Hauke Haien!

Stehst du hier, Elke?
Was ist geworden?
Ja, Elke, ich darf es morgen doch versuchen!

Da trabte Hauke heimwärts und hörte nicht mehr, wer denn der Deichgraf sei; als er nach einer Weile sich dem Hause seiner Herrschaft nahte, sah er Elke drunten am Heck der Auffahrt stehen.

Gilt nicht! Gilt nicht!
Hauke, noch einmal!
Ole! Ole Peters!
Muß wohl gelten, geworfen ist geworfen!
Wo ist Ole?
Ei was! Hauke muß noch einmal werfen!

Auf der weiten Weidefläche, die sich zu Osten an der Landseite des Deiches entlangzog, sah man am Nachmittag darauf eine dunkle Menschenmasse bald unbeweglich stillestehen, bald, nachdem zweimal eine hölzerne Kugel aus derselben über den durch die Tagessonne jetzt von Reif befreiten Boden hingeflogen war, allmählich weiterrücken.
Gesprochen wurde von all den Menschen wenig; nur wenn ein Kapitalwurf geschah, hörte man wohl einen Ruf der jungen Männer oder Weiber; oder von den Alten einer nahm seine Pfeife aus dem Mund und klopfte damit unter ein paar guten Worten den Werfer auf die Schulter.
Bei seinem ersten Wurfe war das Glück nicht mit Hauke gewesen; der Wurf wurde zu kurz, die Kugel fiel auf einen Graben und blieb im Bummeis stecken.

Die Kretler der Geestleute sprangen gegen den Wurf auf redeten noch eine Weile gegeneinander; aber das Ende war, daß nach Bescheid des Obmanns Hauke seinen Wurf nicht wiederholen durfte. Und das Spiel und der schwarze und weiße Stab gingen weiter.
Als Hauke wieder am Wurf war, flog seine Kugel schon so weit, daß das Ziel, die große weißgekalkte Tonne, klar in Sicht kam. Er war jetzt ein fester junger Kerl, und Wurfkunst hatte er täglich während seiner Knabenzeit getrieben.
Eine alte Frau mit Kuchen und Branntwein drängte sich durch den Haufen zu ihm; sie schenkte ein Glas voll und bot es ihm. Als er sie ansah, erkannt er, daß es Trin' Jans war. Er griff in seine Tasche und drückte ihr ein frischgeprägtes Markstück in die Hand.

Oho, Hauke!
Das war ja, als habe der Erzengel
Michael selbst geworfen!

Ich dank dir, Alte, aber ich trink das nicht. Nimm das und trink selber das Glas aus, Trin', so haben wir uns vertragen!
Hast recht, Hauke! Hast recht, das ist auch besser für ein altes Weib wie ich!
Komm, wir wollen uns vertragen: das heut ist besser, als da du mir die Katze totschlugst!

Der Vogel ist dir
wohl zu groß.
Ich werfe für die Marsch!
Du wirfst
doch wohl
für Elke
Volkerts!

Die Sonne war endlich schon hinter den Deich hinabgesunken; mitunter flogen schwarze Krähen vorüber und waren auf Augenblicke wie vergoldet, es wurde Abend. Auf den Fennen aber rückte der dunkle Menschentrupp noch immer weiter nach der Tonne zu; ein besonders tüchtiger Wurf mußte sie jetzt erreichen können. Die Marschleute waren an der Reihe; Hauke sollte werfen.

Die hagere Gestalt des Genannten trat eben aus der Menge; die grauen Augen sahen aus dem langen Friesengesicht vorwärts nach der Tonne; in der herabhängenden Hand lag die Kugel.

In diesem Augenblick hörte er Ole Peters' Knarrstimme dicht vor seinen Ohren. Hauke wandte sich und blickte ihn mit festen Augen an.

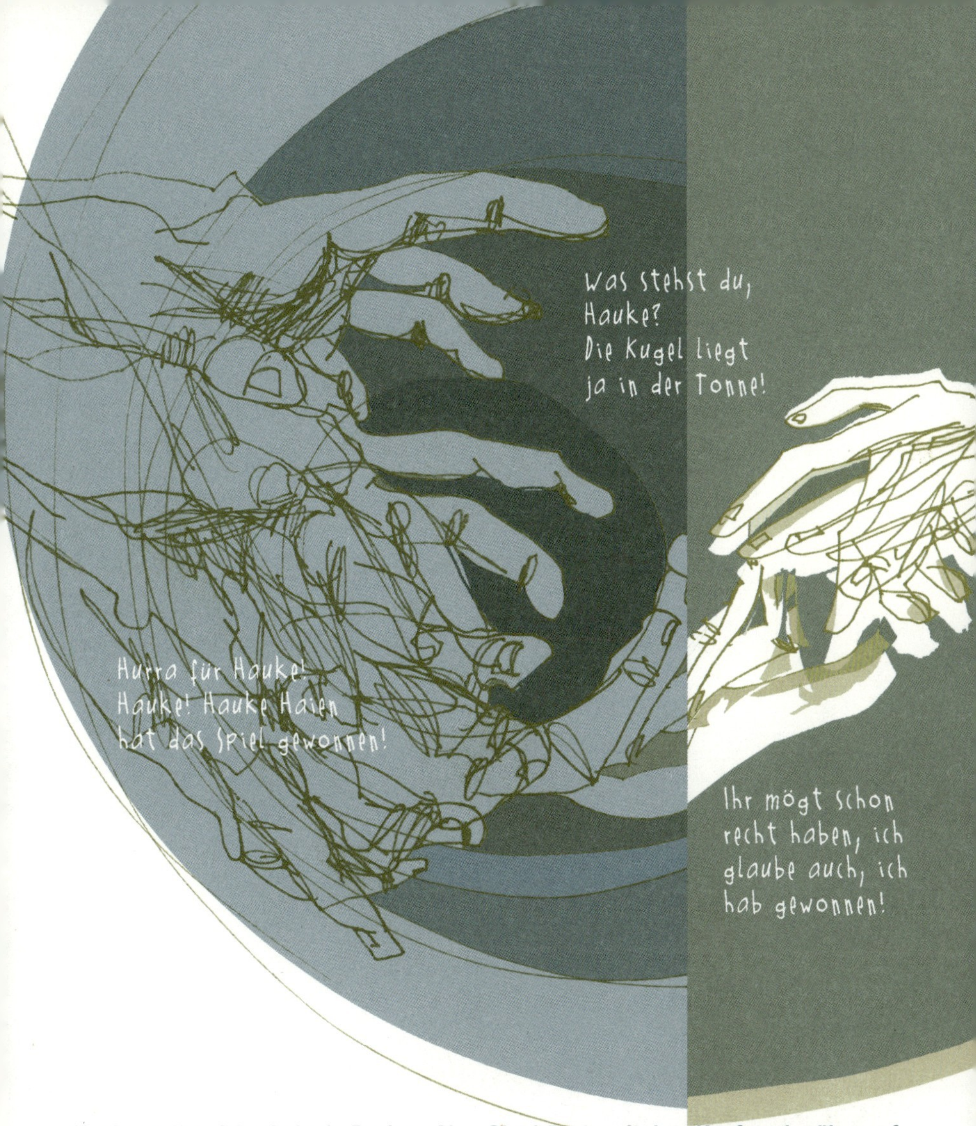
Was stehst du,
Hauke?
Die Kugel liegt
ja in der Tonne!
Hurra für Hauke!
Hauke! Hauke Haien
hat das Spiel gewonnen!
Ihr mögt schon
recht haben, ich
glaube auch, ich
hab gewonnen!

Hauke stellte sich wieder in Positur. Aber Ole drängte mit dem Kopf noch näher auf ihn zu. Da plötzlich, bevor noch Hauke selber etwas dagegen unternehmen konnte, packte den Zudringlichen eine Hand und riß ihn rückwärts, daß der Bursche gegen seine lachenden Kameraden taumelte. Es war keine große Hand gewesen, die das getan hatte; denn als Hauke flüchtig den Kopf wandte, sah er neben sich Elke Volkerts ihren Ärmel zurechtzupfen, und die dunkeln Brauen standen ihr wie zornig in dem heißen Antlitz.

Da flog es wie eine Stahlkraft in Haukes Arm; er neigte sich ein wenig, er wiegte die Kugel ein paarmal in der Hand; dann holte er aus, und eine Todesstille war auf beiden Seiten; alle Augen folgten der fliegenden Kugel, man hörte ihr Sausen, schon weit vom Wurfplatz verdeckten sie die Flügel einer Silbermöwe, die, ihren

Schrei ausstoßend, vom Deich herüberkam; zugleich aber hörte man es in der Ferne an die Tonne klatschen.
Hauke aber, da ihn alle dicht umdrängten, hatte seitwärts nur nach einer Hand gegriffen und ging nicht von der Stelle, bevor er fühlte, daß sich die kleine Hand fest an die seine schloß.

Dann strömte der ganze Trupp zurück, und Elke und Hauke wurden getrennt und von der Menge auf den Weg zum Kruge fortgerissen. Hier aber entschlüpften beide dem Gedränge, und während Elke auf ihre Kammer ging, stand Hauke hinten vor der Stalltür und sah, wie der dunkle Menschentrupp allmählich nach dort hinaufwanderte, wo im Kirchspielskrug ein Raum für die Tanzenden bereitstand.

Das Dunkel breitete sich allmählich über die weite Gegend; es wurde immer stiller um ihn her, nur hinter ihm im Stalle regte sich das Vieh; oben von der Geest her glaubte er schon das Pfeifen der Klarinetten aus dem Kruge zu vernehmen. Da hörte er um die Ecke des Hauses das Rauschen eines Kleides, und kleine feste Schritte gingen den Fußsteig hinab, der durch die Fennen nach der Geest hinaufführte. Nun sah er auch im Dämmer die Gestalt dahinschreiten und sah, daß es Elke war; sie ging auch zum Tanze nach dem Krug. Das Blut schoß ihm in den Hals hinauf; sollte er ihr nicht nachlaufen und mit ihr gehen? Aber Hauke war kein Held den Frauen gegenüber; mit dieser Frage sich beschäftigend, blieb er stehen, bis sie im Dunkel seinem Blick entschwunden war.

Dann, als die Gefahr, sie einzuholen, vorüber war, ging auch er denselben Weg, bis er droben den Krug bei der Kirche erreicht hatte und das Schwatzen und Schreien der vor dem Hause und auf dem Flur sich Drängenden und das Schrillen der Geigen und Klarinetten betäubend ihn umrauschte. Seine Augen suchten nur die eine, und endlich – dort! Sie tanzte mit ihrem Vetter, dem jungen Deichgevollmächtigten. Hauke flog es durch den Kopf, ob denn Elke ihm auch Wort halten, ob sie nicht mit Ole Peters ihm vorbeitanzen werde. Fast hätte er einen Schrei bei dem Gedanken ausgestoßen; dann – – ja, was wollte er dann?

Er verließ seinen Türpfosten und drängte sich weiter in den Saal hinein; da stand er plötzlich vor ihr, die mit einer älteren Freundin in einer Ecke saß. Sie blickte mit ihrem schmalen Antlitz zu ihm auf. Und sie erhob sich halb. Aber Hauke machte

Hauke! Bist du hier? Ich sah dich doch nicht tanzen!

keine Anstalt. Er stockte plötzlich und sah sie nur aus seinen grauen Augen herzlich an, als ob er's ihnen überlassen müsse, das übrige zu sagen. Da schlug ihr eine heiße Lohe in das Angesicht, und sie schlug die Augen nieder.

Noch ein paar Augenblicke suchten ihre Augen auf dem Boden; dann hob sie sie langsam, und ein Blick mit der stillen Kraft ihres Wesens traf in die seinen, der ihn wie Sommerluft durchströmte.

Elke tanzte an diesem Abend nicht mehr, und als beide dann nach Hause gingen, hatten sie sich Hand in Hand gefaßt; aus der Himmelshöhe funkelten die Sterne über der schweigenden Marsch; ein leichter Ostwind wehte und brachte strenge Kälte; die beiden aber gingen ohne viel Tücher und Umhang dahin, als sei es plötzlich Frühling worden.

Willst du mit mir tanzen? Ich hab es ole Peters nicht gegönnt, der kommt nicht wieder!
Ich danke, Elke. Ich verstehe das nicht gut genug, sie könnten über dich lachen, und dann...

Was meinst du, Hauke?
Ich mein, Elke, es kann ja doch der Tag nicht schöner für mich ausgehn, als er's schon getan hat.
Ja, du hast das Spiel gewonnen.
Ich dachte, Elke, ich hätt was Besseres gewonnen!
Tu, wie dir ums Herz ist, Hauke! Wir sollten uns wohl kennen!

Hauke hatte sich auf ein Ding besonnen, dessen passende Verwendung zwar in ungewisser Zukunft lag, mit dem er sich aber eine stille Feier zu bereiten gedachte. Deshalb ging er am Sonntag in die Stadt zum alten Goldschmied Andersen und bestellte einen starken Goldring. Hauke bezahlte ihn mit blankem Silber; dann steckte er ihn unter lautem Herzklopfen, und als ob er einen feierlichen Akt begehe, in die Westentasche. Dort trug er ihn seitdem an jedem Tage mit Unruhe und doch mit Stolz, als sei die Westentasche nur dazu da, um einen Ring darin zu tragen.
Wohl war's ihm durch den Kopf geflogen, nur gradenwegs vor seinen Wirt hinzutreten; sein Vater war ja doch auch ein Eingesessener! Aber wenn er ruhiger

wurde, dann wußte er wohl, der alte Deichgraf würde seinen Kleinknecht ausgelacht haben. Und so lebten er und des Deichgrafen Tochter nebeneinander hin; auch sie in mädchenhaftem Schweigen, und beide doch, als ob sie allzeit Hand in Hand gingen.

Nach einem andern Jahr aber begann er gegen Elke davon zu reden, sein Vater werde kümmerlich, und die paar Tage, die der Wirt ihn im Sommer nach Hause lasse, täten's nun nicht mehr; der Alte quäle sich, er dürfe das nicht länger ansehn.

Ich hab's nicht sagen wollen, Hauke, ich dachte, du würdest selber wohl das Rechte treffen.
Ich muß dann fort aus eurem Hause und kann nicht wiederkommen.

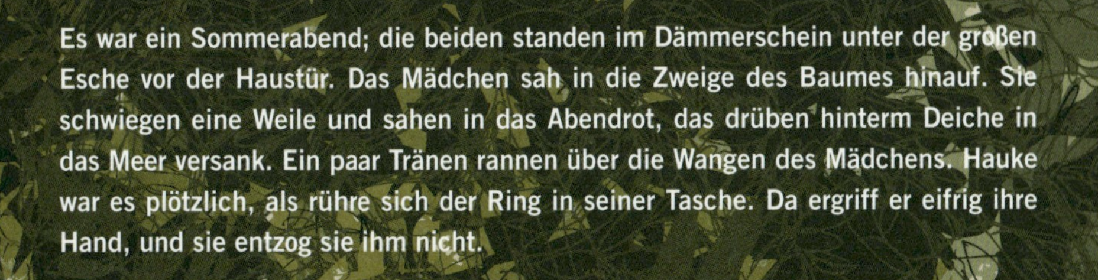

Es war ein Sommerabend; die beiden standen im Dämmerschein unter der großen Esche vor der Haustür. Das Mädchen sah in die Zweige des Baumes hinauf. Sie schwiegen eine Weile und sahen in das Abendrot, das drüben hinterm Deiche in das Meer versank. Ein paar Tränen rannen über die Wangen des Mädchens. Hauke war es plötzlich, als rühre sich der Ring in seiner Tasche. Da ergriff er eifrig ihre Hand, und sie entzog sie ihm nicht.

Du mußt es wissen, ich war heut morgen noch bei deinem Vater und fand ihn in seinem Lehnstuhl eingeschlafen, – und da er erwacht war und mühsam ein Viertelstündchen mit mir geplaudert hatte und ich nun gehen wollte, da hielt er mich so angstvoll an der Hand zurück, als fürchte er, es sei zum letzten Mal, aber…

Was aber, Elke?

Ich dachte nur an meinen Vater. Glaub mir, es wird ihm schwer ankommen, dich zu missen. Mir ist es oft, als ob er auf seine Totenkammer rüste… Nein, zürn nicht, Hauke! Ich trau, du wirst auch so uns nicht verlassen!

Setz dich zu mir, mein Kind. Dicht zu mir! Du brauchst dich nicht zu fürchten, wer bei mir ist, das ist nur der dunkle Engel des Herrn, der mich zu rufen kommt.

Sprecht, Vater, was Ihr noch zu sagen habt!

Noch ein paar Monate weiter, dann starb Tede Haien; aber bevor er starb, rief er den Sohn an seine Lagerstatt. Und der erschütterte Sohn setzte sich dicht an das dunkle Wandbett. Hauke faßte heftig seines Vaters Hände, und der Alte suchte sich aufzurichten, daß er ihn sehen könne. Eine Weile schloß er die Augen; dann schlief der Alte unter den Dankesworten des Sohnes. Er hatte nichts mehr zu besorgen; und schon nach einigen Tagen hatte der dunkle Engel des Herrn ihm seine Augen für immer zugedrückt, und Hauke trat sein väterliches Erbe an.

Ja, mein Sohn, noch etwas.

Als du, noch ein halber Junge, zu dem Deichgrafen in Dienst gingst, da lag's in deinem Kopf, das selbst einmal zu werden. Das hatte mich angesteckt, und ich dachte auch allmählich, du seiest der rechte Mann dazu. Aber dein Erbe war für solch ein Amt zu klein – ich habe während deiner Dienstzeit knapp gelebt – ich dacht es zu vermehren.

Ja, ja, mein Sohn. Dort in der obersten Schublade der Schatulle liegt das Dokument.

Du weißt, die alte Antje Wohlers hat eine Fenne von fünf und einem halben Demat, aber sie konnte mit dem Mietgelde allein in ihrem krüppelhaften Alter nicht mehr durchfinden, da habe ich allzeit um Martini eine bestimmte Summe, und auch mehr, wenn ich es hatte, dem armen Mensch gegeben, und dafür hat sie die Fenne mir übertragen, es ist alles gerichtlich fertig. –

Nun liegt auch sie am Tode: die Krankheit unserer Marschen, der Krebs, hat sie befallen, du wirst nicht mehr zu zahlen brauchen!

Es ist nicht viel, doch hast du mehr dann, als du bei mir gewohnt warst. Mög es dir zu deinem Erdenleben dienen!

Dank, daß du eineguckst, Elke!
Ich guck nicht ein, ich will bei dir ein wenig Ordnung schaffen, damit du ordentlich in deinem Hause wohnen kannst! Dein Vater hat vor seinen Zahlen und Rissen nicht viel um sich gesehen, und auch der Tod schafft Wirrsal, ich will's dir wieder ein wenig lebig machen!
So schaff nur Ordnung! Ich hab's auch lieber.
Das können nur wir Frauen!

Am Tage nach dem Begräbnis kam Elke in Haukes Haus. Der sah aus seinen grauen Augen voll Vertrauen auf sie hin. Und dann begann sie aufzuräumen: das Reißbrett, das noch dalag, wurde abgestäubt und auf den Boden getragen, Reißfedern und Bleistift und Kreide sorgfältig in einer Schatullenschublade weggeschlossen; dann wurde die junge Dienstmagd zur Hülfe hereingerufen und mit ihr das Gerät der ganzen Stube in eine andere und bessere Stellung gebracht, so daß es anschien, als sei dieselbe nun heller und größer geworden. Und Hauke, trotz seiner Trauer um den Vater, hatte mit glücklichen Augen zugesehen, auch wohl selber, wo es nötig war, geholfen.

Nun komm und iß bei uns zu Abend, denn meinem Vater hab ich's versprechen müssen, dich mitzubringen, wenn du dann heimgehst, kannst du ruhig in dein Haus treten!
Nun, nun, mein Junge. Sei nur ruhig jetzt, denn sterben müssen wir alle, und dein Vater war keiner von den Schlechtesten! – Aber, Elke, nun sorg, daß du den Braten auf den Tisch kriegst, wir müssen uns stärken! Es gibt viel Arbeit für uns, Hauke! Deich- und Sielrechnungen haushoch, der neuliche Deichschaden am Westerkoog – ich weiß nicht, wo mir der Kopf steht, aber deiner, gottlob, ist um ein gut Stück jünger!

Und als alles war, wie sie es für ihn wollte, faßte sie seine Hand und nickte ihm mit ihren dunkeln Augen zu.
Als sie später in die geräumige Wohnstube des Deichgrafen traten, wollte dieser aus seinem Lehnstuhl in die Höhe, aber mit seinem schweren Körper zurücksinkend, konnte er nur seinen früheren Knecht zu sich rufen. Und als Hauke an seinen Stuhl getreten war, faßte er dessen Hand mit seinen beiden runden Händen.
Und Hauke setzte sich; es schien ihm Selbstverstand, die Arbeit von Elkes Vater mitzutun. Und als die Herbstschau dann gekommen war und ein paar Monde mehr ins Jahr gingen, da hatte er freilich auch den besten Teil daran getan.

Hauke hatte sein väterliches Erbe angetreten, und da die alte Antje Wohlers auch ihrem Leiden erlegen war, so hatte deren Fenne es vermehrt. Aber seit dem Tode oder, richtiger, seit den letzten Worten seines Vaters war in ihm etwas aufgewachsen, dessen Keim er schon seit seiner Knabenzeit in sich getragen hatte; er wiederholte es sich mehr als zu oft, er sei der rechte Mann, wenn's einen neuen Deichgrafen geben müsse. Das war es; sein Vater, der es verstehen mußte, der ja der klügste Mann im Dorf gewesen war, hatte ihm dieses Wort wie eine letzte Gabe seinem Erbe beigelegt; die Wohlerssche Fenne, die er ihm auch verdankte, sollte den ersten Trittstein zu dieser Höhe bilden!
Freilich – durch die Schärfen und Spitzen, die er der Verwaltung seines alten Dienst-

herrn zugesetzt hatte, war ihm eben keine Freundschaft im Dorf zuwege gebracht worden, und Ole Peters, sein alter Widersacher, hatte jüngsthin eine Erbschaft getan und begann ein wohlhabender Mann zu werden! Eine Reihe von Gesichtern ging vor seinem innern Blick vorüber, und sie sahen ihn alle mit bösen Augen an; da faßte ihn ein Groll gegen diese Menschen: er streckte die Arme aus, als griffe er nach ihnen, denn sie wollten ihn vom Amte drängen, zu dem von allen nur er berufen war.

Und die Gedanken ließen ihn nicht; sie waren immer wieder da, und so wuchsen in seinem jungen Herzen neben der Ehrenhaftigkeit und Liebe auch die Ehrsucht und der Haß.

Fehlt dir etwas?
Oh, eigentlich nichts, es sind mir nur zu viele Menschen hier.

Als das neue Jahr gekommen war, gab es eine Hochzeit und Hauke und Elke waren beide dort geladene Gäste; ja, bei dem Hochzeitessen traf es sich durch das Ausbleiben eines näheren Verwandten, daß sie ihre Plätze nebeneinander fanden. Nur ein Lächeln, das über beider Antlitz glitt, verriet ihre Freude darüber. Aber Elke saß heute teilnahmslos in dem Geräusche des Plauderns und Gläserklirrens.
Da stieg es über ihr Schweigen wie Eifersucht in ihm auf, und heimlich unter dem überhängenden Tischtuch ergriff er ihre Hand; aber sie zuckte nicht, sie schloß sich wie vertrauensvoll um seine. Hauke stand der Atem still, als er jetzt seinen Goldring aus der Tasche zog. Zitternd schob er den Ring auf den Goldfinger der schmalen Hand. Da lächelten sie beide, und ihre Hände preßten sich ineinander, daß bei anderer Gelegenheit das Mädchen wohl laut aufgeschrien hätte.

Aber du siehst
so traurig aus!
Läßt du den Ring
sitzen?
Kannst du warten,
Hauke?
Auf was?
Du weißt das wohl,
ich brauch dir's
nicht zu sagen.
Du hast recht.
Ja, Elke, ich kann
warten – wenn's nur
ein menschlich Absehen
hat!

Elkes Vorahnung war in Erfüllung gegangen; eines Morgens nach Ostern hatte man den Deichgrafen Tede Volkerts tot in seinem Bett gefunden; man sah's an seinem Antlitz, ein ruhiges Ende war darauf geschrieben.
Und nun gab es eine große Leiche im Dorf. Droben auf der Geest auf dem Begräbnisplatz um die Kirche war zu Westen eine mit Schmiedegitter umhegte Grabstätte; ein breiter blauer Grabstein stand jetzt aufgehoben gegen eine Traueresche, auf welchem das Bild des Todes mit stark gezahnten Kiefern ausgehauen war; darunter in großen Buchstaben:

Dat is de Dod, de allens fritt, Nimmt Kunst un Wetenschop di mit; De kloke Mann is nu vergahn – Gott gäw' em selig Uperstahn!

Vater unser, der du
bist im Himmel!

Und schon kam unten aus der Marsch der Leichenzug heran, eine Menge Wagen aus allen Kirchspielsdörfern; auf dem vordersten stand der schwere Sarg, die beiden blanken Rappen des deichgräflichen Stalles zogen ihn den sandigen Anberg zur Geest hinauf; Schweife und Mähnen der Pferde wehten in dem scharfen Frühjahrswind.

Im Hause drunten in der Marsch hatte Elke in Pesel und Wohngelaß das Leichenmahl gerüstet; alter Wein wurde bei den Gedecken hingestellt. Als alles besorgt war, ging sie durch den Stall vor die Hoftür; hier blieb sie stehen und sah, während ihre Trauerkleider im Frühlingswinde flatterten, wie drüben an dem Dorfe jetzt die letzten Wagen zur Kirche hinauffuhren. Nach einer Weile entstand dort ein Gewühl, dem eine Totenstille zu folgen schien.

Elke faltete die Hände; sie senkten wohl den Sarg jetzt in die Grube. Unwillkürlich, leise, als hätte sie von dort es hören können, sprach sie die Worte nach; dann füllten ihre Augen sich mit Tränen, ihre über der Brust gefalteten Hände sanken in den Schoß. Sie betete voll Inbrunst. Und als das Gebet des Herrn zu Ende war, stand sie noch lange unbeweglich, sie, die jetzige Herrin dieses großen Marschhofes; und Gedanken des Todes und des Lebens begannen sich in ihr zu streiten.

Als sie die Augen öffnete, sah sie schon wieder einen Wagen um den anderen in rascher Fahrt von der Marsch herab und gegen ihren Hof herankommen. Und sie richtete sich auf, blickte noch einmal scharf hinaus und ging dann, wie sie gekommen war, durch den Stall in die feierlich hergestellten Wohnräume zurück.

Und zur Erde wieder
sollst du werden!

Die Festtafel stand so still und einsam; der Spiegel zwischen den Fenstern war mit weißen Tüchern zugesteckt und ebenso die Messingknöpfe an dem Beilegerofen; es blinkte nichts mehr in der Stube. Elke sah die Türen vor dem Wandbett, in dem ihr Vater seinen letzten Schlaf getan hatte, offenstehen und ging hinzu und schob sie fest zusammen; wie gedankenlos las sie den Sinnspruch, der zwischen Rosen und Nelken mit goldenen Buchstaben darauf geschrieben stand:

Hest du din Dagwark richtig dan, Da kummt de Slap von sülvst heran.

Dann ging sie ans Fenster, denn schon hörte sie die Wagen an der Werfte heraufrollen; einer um den andern hielt vor dem Hause, und munterer, als sie gekommen waren, sprangen jetzt die Gäste von ihren Sitzen auf den Boden.

Alles gut, ihr Herren, den alten Deichgrafen haben wir mit Ehren beigesetzt, aber woher nehmen wir den neuen? Ich denke, Manners, Ihr werdet Euch dieser Würde unterziehen müssen!
Nein, nein, Euer Gnaden, lasset mich, wo ich bin, so laufe ich wohl noch ein paar Jahre mit!
Weshalb nicht den ins Amt nehmen, der es tatsächlich in den letzten Jahren doch geführt hat?

Händereibend und plaudernd drängte sich alles in die Stube; nicht lange, so setzte man sich an die festliche Tafel, auf der die wohlbereiteten Speisen dampften, im Pesel der Oberdeichgraf mit dem Pastor; und Lärm und lautes Schwatzen lief den Tisch entlang, als ob hier nimmer der Tod seine furchtbare Stille ausgebreitet hätte.

Nachdem das Mahl beendet war, wurden die weißen Tonpfeifen aus der Ecke geholt und angebrannt, und Elke war wiederum geschäftig, die gefüllten Kaffeetassen den Gästen anzubieten; denn auch der wurde heute nicht gespart. Im Wohnzimmer an dem Pulte des eben Begrabenen stand der Oberdeichgraf im Gespräche mit dem Pastor und dem weißhaarigen Deichgevollmächtigten Jewe Manners.

Ich verstehe nicht, Herr Pastor!
Dort steht er, die lange Friesen-
gestalt mit den klugen grauen
Augen neben der hageren Nase und
den zwei Schädelwölbungen darüber!
Er war des Alten Knecht und sitzt
jetzt auf seiner eigenen kleinen
Stelle, er ist zwar etwas jung!

Er ist kaum vierundzwanzig, aber der Pastor hat recht: was in den letzten Jahren Gutes für Deiche und Siele und dergleichen vom Deichgrafenamt in Vorschlag kam, das war von ihm, mit dem Alten war's doch zuletzt nichts mehr.

So, so? Und Ihr meinet, er wäre nun auch der Mann, um in das Amt seines alten Herrn einzurücken?

Der Mann wäre er schon, aber ihm fehlt das, was man hier Klei unter den Füßen nennt, sein Vater hatte so um fünfzehn, er mag gut zwanzig Demat haben, aber damit ist bis jetzt hier niemand Deichgraf geworden.

Wollen Euer Gnaden
mir ein Wort erlauben?
Es ist nur, damit aus
einem Irrtum nicht ein
Unrecht werde!
So sprecht, Jungfer Elke!
Weisheit von hübschen
Mädchenlippen hört sich
allzeit gut!
Es ist nicht Weisheit,
Euer Gnaden, ich will
nur die Wahrheit sagen.

Auch die muß man
ja hören können,
Jungfer Elke!
Euer Gnaden, mein Pate,
Jewe Manners, sagte Ihnen,
daß Hauke Haien nur etwa
zwanzig Demat im Besitz
habe. Das ist im Augenblick
auch richtig, aber sobald es
sein muß, wird Hauke noch
um soviel mehr sein eigen
nennen, als dieser, meines
Vaters, jetzt mein Hof an
Dematzahl beträgt. Für
einen Deichgrafen wird das
zusammen denn wohl reichen.

Was ist das? Kind, was sprichst du da?
Ich bin verlobt, Pate Manners, hier ist der Ring, und Hauke Haien ist mein Bräutigam.
Und wann – ich darf`s wohl fragen, da ich dich aus der Taufe hob–, Elke Volkerts, wann ist denn das passiert?

Das war schon vor geraumer Zeit, doch war ich mündig, Pate Manners, mein Vater war schon hinfällig worden, und da ich ihn kannte, so wollt ich ihn nicht mehr damit beunruhigen. Itzt, da er bei Gott ist, wird er einsehen, daß sein Kind bei diesem Manne wohl geborgen ist.
Ich hätte es auch das Trauerjahr hindurch noch ausgeschwiegen, jetzt aber, um Haukes und um des Kooges willen, hab ich reden müssen. Euer Gnaden wollen mir das verzeihen!

Ja, liebe Jungfer, aber wie steht es denn hier im Kooge mit den ehelichen Güterrechten? Ich muß gestehen, ich bin augenblicklich nicht recht kapitelfest in diesem Wirrsal!
Das brauchen Euer Gnaden auch nicht, ich werde vor der Hochzeit meinem Bräutigam die Güter übertragen. Ich habe auch meinen kleinen Stolz, ich will den reichsten Mann im Dorfe heiraten!

Nun, Manners, ich denke, Sie werden auch als Pate nichts dagegen haben, wenn ich den jungen Deichgrafen mit des Alten Tochter zusammengebe!
Unser Herrgott gebe seinen Segen! Wahr und weise habt Ihr gesprochen, Elke Volkerts, ich danke Euch für so kräftige Erläuterungen und hoffe auch in Zukunft, und bei freundlicheren Gelegenheiten als heute, der Gast Eueres Hauses zu sein. Aber – daß ein Deichgraf von solch junger Jungfer gemacht wurde, das ist das Wunderbare an der Sache!

Euer Gnaden, einem rechten Manne wird auch die Frau wohl helfen dürfen!

Die drei Männer sahen sich an; der Pastor lachte, der alte Gevollmächtigte ließ es bei einem »Hm, hm!« bewenden, während der Oberdeichgraf wie vor einer wichtigen Entscheidung sich die Stirn rieb. Er aber reichte dem Mädchen seine Hand. Elke sah den gütigen Oberbeamten noch einmal mit ihren ernsten Augen an, dann ging sie in den anstoßenden Pesel und legte schweigend ihre Hand in Hauke Haiens.

Es war um mehrere Jahre später: In dem kleinen Hause Tede Haiens wohnte jetzt ein rüstiger Arbeiter mit Frau und Kind; der junge Deichgraf Hauke Haien saß mit seinem Weibe Elke Volkerts auf deren väterlicher Hofstelle. Im Sommer rauschte die gewaltige Esche nach wie vor am Hause; aber auf der Bank, die jetzt

Das kommt von eurem klugen Deichgrafen, der immer grübeln geht und seine Finger dann in alles steckt!
Warum habt ihr ihn euch aufhucken lassen? Nun müßt ihr's bar bezahlen.
Ja, Marten, recht hast du, er ist hinterspinnig und sucht beim Oberdeichgraf sich den weißen Fuß zu machen, aber wir haben ihn nun einmal!
Ja Marten Fedders, das ist nun so bei uns, und davon ist nichts abzukratzen, der alte wurde Deichgraf von seines Vaters, der neue von seines Weibes wegen.

darunterstand, sah man abends meist nur die junge Frau, einsam mit einer häuslichen Arbeit in den Händen; noch immer fehlte ein Kind in dieser Ehe; der Mann aber hatte anderes zu tun, als Feierabend vor der Tür zu halten, denn trotz seiner früheren Mithülfe lagen aus des Alten Amtsführung eine Menge unerledigter Dinge, an die auch er derzeit zu rühren nicht für gut gefunden hatte; jetzt aber mußte allmählich alles aus dem Wege; er fegte mit einem scharfen Besen. Dazu kam die Bewirtschaftung der durch seinen eigenen Landbesitz vergrößerten Stelle, bei der er gleichwohl den Kleinknecht noch zu sparen suchte; so sahen sich die beiden Eheleute, außer am Sonntag, wo Kirchgang gehalten wurde, meist nur bei dem von Hauke eilig besorgten Mittagessen und beim Auf- und Niedergang des Tages; es war ein Leben fortgesetzter Arbeit, doch gleichwohl ein zufriedenes.

Hunde!
Laß sie, die wären alle gern, was du bist!
Das ist es eben!
Und hat denn ole Peters sich nicht selber eingefreit?
Das hat er, Elke, aber was er freite, das reichte nicht zum Deichgrafen!

Dann kam ein störendes Wort in Umlauf. – Als von den jüngeren Besitzern der Marsch- und Geestgemeinde eines Sonntags nach der Kirche ein etwas unruhiger Trupp im Kruge droben am Trunke festgeblieben war, redeten sie beim vierten oder fünften Glase zwar nicht über König und Regierung – so hoch wurde damals noch nicht gegriffen –, wohl aber über Kommunal- und Oberbeamte, vor allem über Gemeindeabgaben und -lasten, und je länger sie redeten, desto weniger fand davon Gnade vor ihren Augen, insonders nicht die neuen Deichlasten; alle Siele und Schleusen, die sonst immer gehalten hätten, seien jetzt reparaturbedürftig; am Deiche fänden sich immer neue Stellen, die Hunderte von Karren Erde nötig hätten; der Teufel möchte die Geschichte holen!

Sag lieber: er reichte nicht dazu! Nur wer ein Amt regieren kann, der hat es!
Was hast du, deine Augen sehen so ins Weite?
Nichts, Elke, du hast ja recht.
Nun, Elke, ich muß zur Osterschleuse, die Türen schließen wieder nicht!

Aber es war an öffentlicher Wirtstafel gesprochen worden, es blieb nicht da, es lief bald um im Geest- und unten in dem Marschdorf; so kam es auch an Hauke. Und wieder ging vor seinem inneren Auge die Reihe übelwollender Gesichter vorüber, und noch höhnischer, als es gewesen war, hörte er das Gelächter an dem Wirtshaustische; und grimmig sahen seine Augen zur Seite, als wolle er sie peitschen lassen.

Da legte Elke ihre Hand auf seinen Arm. Und sie drehte ihren Mann, so daß er sich im Spiegel sehen mußte, denn sie standen zwischen den Fenstern in ihrem Zimmer. Sie drückte ihm die Hand.

Er ging; aber nicht lange war er gegangen, so war die Schleusenreparatur vergessen. Ein anderer Gedanke, den er halb nur ausgedacht und seit Jahren mit sich umher-

Es muß gehen! Sieben Jahr
im Amt, sie sollen nicht mehr
sagen, daß ich nur Deichgraf
bin von meines Weibes wegen!

getragen hatte, der aber vor den drängenden Amtsgeschäften ganz zurückgetreten war, bemächtigte sich seiner jetzt aufs neue und mächtiger als je zuvor, als seien plötzlich die Flügel ihm gewachsen.

Kaum daß er es selber wußte, befand er sich oben auf dem Meeresdeich, schon eine weite Strecke südwärts nach der Stadt zu; das Dorf, das nach dieser Seite hinauslag, war ihm zur Linken längst verschwunden; noch immer schritt er weiter, seine Augen unablässig nach der Seeseite auf das breite Vorland gerichtet; wäre jemand neben ihm gegangen, er hätte es sehen müssen, welche eindringliche Geistesarbeit hinter diesen Augen vorging. Endlich blieb er stehen: das Vorland schwand hier zu einem schmalen Streifen an dem Deich zusammen.

Noch immer stand er, und seine Blicke schweiften scharf und bedächtig nach allen Seiten über das grüne Vorland; dann ging er zurück, bis wo auch hier ein schmaler Streifen grünen Weidelandes die vor ihm liegende breite Landfläche ablöste. Hart an dem Deiche aber schoß ein starker Meeresstrom durch diese, der fast das ganze Vorland von dem Festlande trennte und zu einer Hallig machte; eine rohe Holzbrücke führte nach dort hinüber, damit man mit Vieh und Heu- und Getreidewagen hinüber und wieder zurück gelangen könne. Jetzt war es Ebbzeit, und die goldene Septembersonne glitzerte auf dem etwa hundert Schritte breiten Schlickstreifen und auf dem tiefen Priel in seiner Mitte, durch den auch jetzt das Meer noch seine Wasser trieb. Er sah diesem Spiele eine Zeitlang zu; dann blickte er auf, und von dem Deiche, auf dem er stand, über den Priel hinweg, zog er in Gedanken eine

Das läßt sich dämmen!
Das gäbe einen Koog von zirka tausend Demat.
Nicht groß just, aber...

Linie längs dem Rande des abgetrennten Landes, nach Süden herum und ostwärts wiederum zurück über die dortige Fortsetzung des Prieles und an den Deich heran. Die Linie aber, welche er unsichtbar gezogen hatte, war ein neuer Deich, neu auch in der Konstruktion seines Profiles, welches bis jetzt nur noch in seinem Kopf vorhanden war.

Eine andere Kalkulation überkam ihn: das Vorland gehörte hier der Gemeinde, ihren einzelnen Mitgliedern eine Zahl von Anteilen, je nach der Größe ihres Besitzes im Gemeindebezirk oder nach sonst zu Recht bestehender Erwerbung; er begann zusammenzuzählen, wieviel Anteile er von seinem, wie viele er von Elkes Vater übernommen und was an solchen er während seiner Ehe schon selbst gekauft hatte,

Wie war es mit der Schleuse?
Ich versteh dich nicht. Was willst du, Hauke?
Wir werden bald eine andere Schleuse brauchen und Siele und einen neuen Deich!

teils in dem dunklen Gefühle eines künftigen Vorteils, teils bei Vermehrung seiner Schafzucht. Es war schon eine ansehnliche Menge; denn auch von Ole Peters hatte er dessen sämtliche Teile angekauft, da es diesem zum Verdruß geschlagen war, als bei einer teilweisen Überströmung ihm sein bester Schafbock ertrunken war. Welch treffliches Weide- und Kornland mußte es geben und von welchem Werte, wenn das alles von seinem neuen Deich umgeben war! Wie ein Rausch stieg es ihm ins Gehirn; aber er preßte die Nägel in seine Handflächen und zwang seine Augen, klar und nüchtern zu sehen, was dort vor ihm lag: eine große deichlose Fläche, wer

Ich will – ich will, daß das große Vorland, das unserer Hofstatt gegenüber beginnt und dann nach Westen ausgeht, zu einem festen Kooge eingedeicht werde: die hohen Fluten haben fast ein Menschenalter uns in Ruh gelassen, wenn aber eine von den Schlimmen wiederkommt und den Anwachs stört, so kann mit einem Mal die ganze Herrlichkeit zu Ende sein, nur der alte Schlendrian hat das bis heut so lassen können!

wußte es, welchen Stürmen und Fluten schon in den nächsten Jahren preisgegeben, an deren äußerstem Rande jetzt ein Trupp von schmutzigen Schafen langsam grasend entlangwanderte; dazu für ihn ein Haufen Arbeit, Kampf und Ärger! Trotz alledem, als er vom Deich hinab- und den Fußsteig über die Fennen auf seine Werfte zuging, ihm war's, als brächte er einen großen Schatz mit sich nach Hause.

Auf dem Flur trat Elke ihm entgegen. Er hatte sich in den Lehnstuhl des alten Deichgrafen gesetzt, und seine Hände griffen fest um beide Lehnen.

So schiltst du dich ja selber!
Das tu ich, Elke.
Sei nicht zu rasch, Hauke, das ist ein Werk auf Tod und Leben, und fast alle werden dir entgegen sein, man wird dir deine Müh und Sorg nicht danken!
Ich weiß!
Und wenn es nun nicht gelänge! Ich hab gehört, der Priel sei nicht zu stopfen, und darum dürfe nicht daran gerührt werden.
Das war ein Vorwand für die Faulen, weshalb denn sollte man den Priel nicht stopfen können?

Da ist es gut, daß wir keins haben, sie würden es sonst noch schier von uns verlangen!
Sie sollten's nicht bekommen!
Als ich Kind war, hörte ich einmal die Knechte darüber reden, sie meinten, wenn ein Damm dort halten solle, müsse was Lebigs da hineingeworfen und mit verdämmt werden; bei einem Deichbau auf der andern Seite, vor wohl hundert Jahren, sei ein Zigeunerkind verdämmet worden, das sie um schweres Geld der Mutter abgehandelt hätten! Jetzt aber würde wohl keine ihr Kind verkaufen!

Und die
ungeheuren
Kosten?
Hast du das
bedacht?

Das hab ich, Elke, was wir dort herausbringen, wird sie bei weitem überholen, auch die Erhaltungskosten des alten Deiches gehen für ein gut Stück in dem neuen unter, wir arbeiten ja selbst und haben über achtzig Gespanne in der Gemeinde, und an jungen Fäusten ist hier auch kein Mangel. Du sollst mich wenigstens nicht umsonst zum Deichgrafen gemacht haben, Elke, ich will ihnen zeigen, daß ich einer bin!

An Sonntagnachmittagen, oft auch nach Feierabend, saß Hauke mit einem tüchtigen Feldmesser zusammen, vertieft in Rechenaufgaben, Zeichnungen und Risse; war er allein, dann ging es ebenso und endete oft weit nach Mitternacht. Dann schlich er in die gemeinsame Schlafkammer – denn die dumpfen Wandbetten im Wohngemach wurden in Haukes Wirtschaft nicht mehr gebraucht –, und sein Weib, damit er endlich nur zur Ruhe komme, lag wie schlafend mit geschlossenen Augen, obgleich sie mit klopfendem Herzen nur auf ihn gewartet hatte; dann küßte er mitunter ihre Stirn und sprach ein leises Liebeswort dabei, und legte sich selbst zum Schlafe, der ihm oft nur beim ersten Hahnenschrei zu Willen war.

Im Wintersturm lief er auf den Deich hinaus, mit Bleistift und Papier in der Hand, und stand und zeichnete und notierte, während ein Windstoß ihm die Mütze vom Kopf riß und das lange, fahle Haar ihm um sein heißes Antlitz flog; bald fuhr er, solange nur das Eis ihm nicht den Weg versperrte, mit einem Knecht zu Boot ins Wattenmeer hinaus und maß dort mit Lot und Stange die Tiefen der Ströme, über die er noch nicht sicher war.

Endlich, Sonne und Frühlingswinde hatten schon überall das Eis gebrochen, war auch die letzte Vorarbeit getan; die Eingabe an den Oberdeichgrafen zu Befürwortung an höherem Orte, enthaltend den Vorschlag einer Bedeichung des erwähnten Vorlandes, zur Förderung des öffentlichen Besten war sauber abgeschrieben

Da ist es, Elke, nun gib ihm deinen Segen!
Wir wollen fest zusammenhalten.
Das wollen wir.

und nebst anliegenden Rissen und Zeichnungen aller Lokalitäten, jetzt und künftig, der Schleusen und Siele und was noch sonst dazugehörte, in ein festes Konvolut gepackt und mit dem deichgräflichen Amtssiegel versehen worden. Dann wurde die Eingabe durch einen reitenden Boten in die Stadt gesandt.

Es war zu Ende März, als nach Feierabend der Tagelöhner aus dem Tede Haienschen Hause und Iven Johns, der Knecht des jungen Deichgrafen, nebeneinanderstanden und unbeweglich nach der im trüben Mondduft kaum erkennbaren Hallig hinüberstarrten, etwas Auffälliges schien sie dort festzuhalten. Der Tagelöhner steckte die Hände in die Tasche und schüttelte sich. Der andere lachte, wenn auch ein Grauen bei ihm hindurchklang. Der Tagelöhner trabte auf dem Deich nach Hause.

Ich? - nichts, aber unser Wirt will dich sprechen, Iven Johns!
Was willst du, Carsten?
Gleich, ich komme gleich! Wonach guckst du denn so?

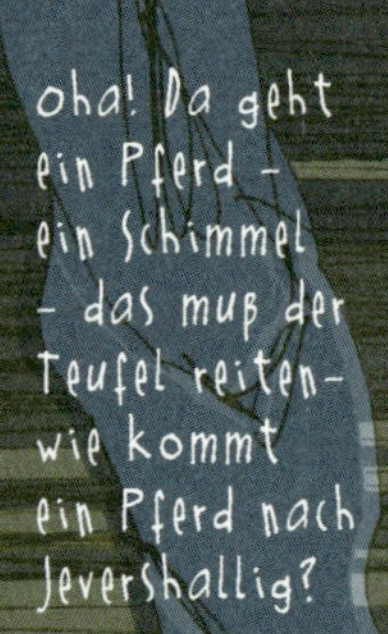
Oha! Da geht ein Pferd - ein Schimmel - das muß der Teufel reiten - wie kommt ein Pferd nach Jevershallig?

Der Knecht sah sich ein paarmal nach dem Fortlaufenden um; aber die Begier, Unheimliches zu schauen, hielt ihn noch fest. Da kam eine untersetzte, dunkle Gestalt auf dem Deich vom Dorf her gegen ihn heran; es war der Dienstjunge des Deichgrafen. Der Knecht hatte die Augen schon wieder nach der Hallig. Er hob den Arm und wies stumm nach der Hallig.
Beide standen eine Weile schweigend, die Augen nach dem gerichtet, was sie drüben undeutlich vor sich gehen sahen. Der Mond stand am Himmel und beschien das weite Wattenmeer, das eben in der steigenden Flut seine Wasser über die Schlickflächen zu spülen begann. Der Junge reckte den Hals; dann aber, als komme es ihm plötzlich, zupfte er den Knecht am Ärmel. Er war nicht fortzubringen, bis der Knecht ihn mit Gewalt herumgedreht und auf den Weg gebracht hatte.

Komm, Iven, das ist nichts Gutes, laß uns nach Haus gehen!

Ei was, es ist eine lebige Kreatur, eine große! Wer, zum Teufel, hat sie nach dem Schlickstück hinaufgejagt! Sieh nur, nun reckt's den Hals zu uns hinüber! Nein, es senkt den Kopf, es frißt! Ich dächte, es wär dort nichts zu fressen! Was es nur sein mag?

Was geht das uns an! Gute Nacht, Iven, wenn du nicht mitwillst, ich gehe nach Haus!

Ja, ja, du hast ein Weib, du kommst ins warme Bett! Bei mir ist auch in meiner Kammer lauter Märzenluft!

Gut Nacht denn!

Ja, ja, Iven, sieh nur, es frißt ganz wie ein Pferd! Aber wer hat's dahin gebracht, wir haben im Dorf so große Böte gar nicht! Vielleicht auch ist es nur ein Schaf, Peter Ohm sagt, im Mondschein wird aus zehn Torfriegeln ein ganzes Dorf. Nein, sieh! Nun springt es – es muß doch ein Pferd sein!
Weiß nicht, Carsten, wenn's nur ein richtiges Pferd ist!

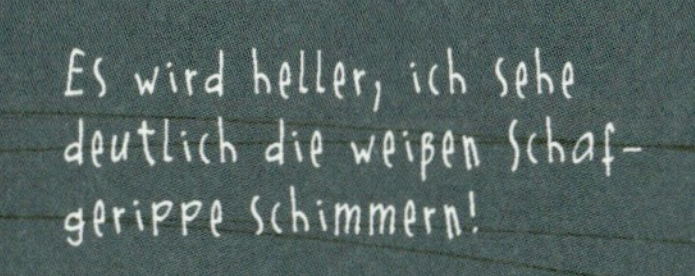

Es wird heller, ich sehe
deutlich die weißen Schaf-
gerippe schimmern!

Ich auch.

Iven, das Pferdegerippe, das
sonst dabeilag, wo ist es?
Ich kann's nicht sehen!

Ich seh es auch nicht! Seltsam!

Nicht so seltsam, Iven!
Mitunter, ich weiß nicht,
in welchen Nächten, sollen
die Knochen sich erheben
und tun, als ob sie lebig wären!

Kann sein, Iven.

So? Das ist ja Altweiberglaube!

Aber, ich mein, du sollst mich
holen, komm, wir müssen nach
Haus! Es bleibt hier immer doch
dasselbe.

Hör, Carsten, du giltst ja für
einen Allerweltsbengel, ich glaub,
du möchtest das am liebsten
selber untersuchen!

Das pfeift
ja wunderlich!
Freilich, nimm dich
in acht. Ich hab
auch Nägel in die
Schnur geflochten.

Um dieselbe Zeit des folgenden Abends saß der Knecht auf dem großen Steine vor der Stalltür, als der Junge, mit seiner Peitsche knallend, zu ihm kam.
Bald waren beide wieder draußen auf dem Deich und sahen hinüber nach Jevershallig, die wie ein Nebelfleck im Wasser stand. Und der Junge nickte schweigend und fuhr mit seinem Boot in die Mondnacht hinaus; der Knecht wanderte unterm Deich zurück und bestieg ihn wieder an der Stelle, wo sie vorhin gestanden hatten. Bald sah er, wie drüben bei einer schroffen, dunkeln Stelle, an die ein breiter Priel hinanführte, das Boot sich beilegte und eine untersetzte Gestalt daraus ans Land sprang. – War's nicht, als klatschte der Junge mit seiner Peitsche? Aber es konnte auch das Geräusch der steigenden Flut sein. Mehrere hundert Schritte nordwärts sah er, was sie für einen Schimmel angesehen hatten.

Da geht es wieder. Nach Mittag war ich hier, da war's nicht da, aber ich sah deutlich das weiße Pferdsgerippe liegen! Das ist jetzt nicht da, Iven.

Nun, Carsten, wie ist's? Juckt's dich noch, hinüberzufahren?

Mach nur das Boot los, Iven!

Nun, steig nur ein! Ich bleib, bis du zurück bist!

Nun, Carsten, was war es?

Und jetzt! Ja, die Gestalt des Jungen kam gerade darauf zugegangen. Nun hob es den Kopf, als ob es stutze; und der Junge – es war deutlich jetzt zu hören – klatschte mit der Peitsche. Aber – was fiel ihm ein? Er kehrte um, er ging den Weg zurück, den er gekommen war. Das drüben schien unablässig fortzuweiden, kein Wiehern war von dort zu hören gewesen; wie weiße Wasserstreifen schien es mitunter über die Erscheinung hinzuziehen. Der Knecht sah wie gebannt hinüber.
Da hörte er das Anlegen des Bootes am diesseitigen Ufer, und bald sah er aus der Dämmerung den Jungen gegen sich am Deich heraufsteigen.

Nichts war es! Noch kurz vom Boot
aus hatt ich es gesehen, dann aber,
als ich auf der Hallig war – weiß der
Henker, wo sich das Tier verkrochen
hatte, der Mond schien doch hell genug.
Aber als ich an die Stelle kam, war
nichts da als die bleichen Knochen von
einem halben Dutzend Schafen, und etwas
weiter lag auch das Pferdsgerippe mit
seinem weißen, langen Schädel und ließ
den Mond in seine leeren Augenhöhlen
scheinen!

Nachdem aber der Mond zurückgegangen und die Nächte dunkel geworden waren, geschah ein anderes.
Hauke Haien war zur Zeit des Pferdemarktes in die Stadt geritten, ohne jedoch mit diesem dort zu tun zu haben. Gleichwohl, da er gegen Abend heimkam, brachte er ein zweites Pferd mit sich nach Hause; aber es war rauhhaarig und mager, daß man jede Rippe zählen konnte, und die Augen lagen ihm matt und eingefallen in den Schädelhöhlen. Elke war vor die Haustür getreten, um ihren Eheliebsten zu empfangen. Der junge Deichgraf sprang lachend von seinem braunen Wallach.

Hilf Himmel! Was soll uns der alte Schimmel?
Laß nur, Elke, es kostet auch nicht viel!
Du weißt doch, das Wohlfeilste ist auch meist das Teuerste.
Aber nicht immer, Elke, das Tier ist höchstens vier Jahr alt, sieh es dir nur genauer an! Es ist verhungert und mißhandelt, da soll ihm unser Hafer guttun, ich werd es selbst versorgen, damit sie mir's nicht überfüttern.

Als jetzt der Dienstjunge um die Hausecke kam, blieb er plötzlich mit erschrockenen Augen stehen. Der Junge faßte mit Vorsicht den Halfter des Schimmels und griff dann hastig, wie zum Schutze, nach dem Zügel des ihm ebenfalls vertrauten Wallachs. Hauke aber ging mit seinem Weibe in das Zimmer; ein Warmbier hatte sie für ihn bereit, und Brot und Butter waren auch zur Stelle.
Er neigte sich zu ihrem Antlitz und küßte sie. Da legte sie die Arme fest um seinen Nacken. Dann löste sie sich errötend von ihm. Und der Deichgraf ging in den Stall, wie er vorhin dem Jungen es gesagt hatte.

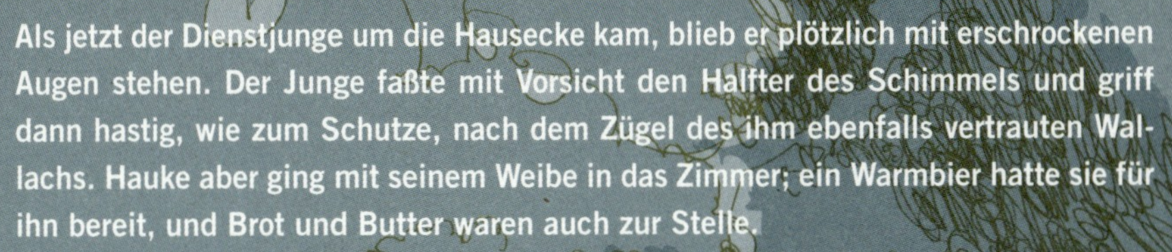

Nun, Carsten, was fährt dir in die Knochen? Gefällt dir mein Schimmel nicht?
Ja, o ja, uns' Weert, warum denn nicht!

Laß dir erzählen, Elke, wie ich zu dem Tier gekommen bin: Ich war wohl eine Stunde beim Oberdeichgrafen gewesen, er hatte gute Kunde für mich. Es wird wohl dies und jenes anders werden als in meinen Rissen, aber die Hauptsache, mein Profil, ist akzeptiert, und schon in den nächsten Tagen kann der Befehl zum neuen Deichbau dasein!

Also doch?

Ja, Frau, hart wird's hergehen, aber dazu, denk ich, hat der Herrgott uns zusammengebracht! Unsere Wirtschaft ist jetzt so gut in Ordnung, ein groß Teil kannst du schon auf deine Schultern nehmen, denk nur um zehn Jahr weiter – dann stehen wir vor einem andern Besitz.

Für wen soll der Besitz? Du müßtest denn ein ander Weib nehmen, ich bring dir keine Kinder.

Das überlassen wir dem Herrgott. Jetzt aber und auch dann noch sind wir jung genug, um uns der Früchte unserer Arbeit selbst zu freuen.

Verzeih, Hauke, ich bin mitunter ein verzagt Weib!

Du bist mein Weib und ich dein Mann, Elke!
Und anders wird es nun nicht mehr.

Du hast recht, Hauke, und was kommt, kommt für uns beide. Du wolltest von dem Schimmel mir erzählen.

Das wollt ich, Elke. Auf dem Damm, hinter dem Hafen, begegnet' mir ein ruppiger Kerl, ich wußt' nicht, war's ein Vagabund, ein Kesselflicker oder was denn sonst. Der Kerl zog den Schimmel am Halfter hinter sich, das Tier aber hob den Kopf und sah mich aus blöden Augen an, mir war's, als ob es mich um etwas bitten wolle. „He, Landsmann!" rief ich, "wo wollt Ihr mit der Kracke hin?" Der Kerl blieb stehen und der Schimmel auch. "Verkaufen!" sagte jener und nickte mir listig zu. „Nur nicht an mich!" rief ich lustig. „Ich denke doch!" sagte er, das ist ein wacker Pferd und unter hundert Talern nicht bezahlt."
Da sprang ich von meinem Wallach und sah dem Schimmel ins Maul und sah wohl, es war noch ein junges Tier. „Was soll's denn kosten?" rief ich, da auch das Pferd mich wiederum wie bittend ansah. "Herr, nehmt's für dreißig Taler!" sagte der Kerl.
Und da, Frau, hab ich dem Burschen in die dargebotne braune Hand, die fast wie eine Klaue aussah, eingeschlagen. So haben wir den Schimmel, und ich denk auch, wohlfeil genug! Wunderlich nur war es, als ich mit den Pferden wegritt, hört ich bald hinter mir ein Lachen, und als ich den Kopf wandte, sah ich den Slowaken, der stand noch sperrbeinig, die Arme auf dem Rücken, und lachte wie ein Teufel hinter mir drein.

Pfui, wenn der Schimmel nur nichts von seinem alten Herrn dir zubringt! Mög er dir gedeihen, Hauke!

Er selber soll es wenigstens, soweit ich's leisten kann!

Aber nicht allein an jenem Abend fütterte er den Schimmel, er tat es fortan immer selbst und ließ kein Auge von dem Tiere. Und schon nach wenig Wochen hob sich die Haltung des Tieres; allmählich verschwanden die rauhen Haare; ein blankes, blaugeapfeltes Fell kam zum Vorschein, und da er es eines Tages auf der Hofstatt umherführte, schritt es schlank auf seinen festen Beinen.

Bald auch, wenn das Pferd im Stall nur seine Schritte hörte, warf es den Kopf herum und wieherte ihm entgegen; nun sah er auch, es hatte, was die Araber verlangen, ein fleischlos Angesicht; draus blitzten ein Paar feurige braune Augen. Dann führte er es aus dem Stall und legte ihm einen leichten Sattel auf; aber kaum saß er droben, so fuhr dem Tier ein Wiehern wie ein Lustschrei aus der Kehle; es flog mit ihm davon, die Werfte hinab auf den Weg und dann dem Deiche zu; doch

der Reiter saß fest, und als sie oben waren, ging es ruhiger, leicht, wie tanzend, und warf den Kopf dem Meere zu. Er klopfte und streichelte ihm den blanken Hals, aber es bedurfte dieser Liebkosung schon nicht mehr; das Pferd schien völlig eins mit seinem Reiter.

Die Knechte standen nun an der Auffahrt und warteten der Rückkunft ihres Wirtes. Der Schimmel schüttelte den Kopf und wieherte laut in die sonnige Marschlandschaft hinaus, während ihm der Knecht den Sattel abschnallte und der Junge damit zur Geschirrkammer lief; dann legte er den Kopf auf seines Herrn Schulter und duldete behaglich dessen Liebkosung. Als aber der Knecht sich jetzt auf seinen Rücken schwingen wollte, sprang er mit einem jähen Satz zur Seite und stand dann wieder unbeweglich, die schönen Augen auf seinen Herrn gerichtet.

Hoho, Iven,
hat er dir Leids
getan?
Nein, Herr, es
geht noch, aber
den Schimmel reit
der Teufel!
Und ich!
So bring ihn am
Zügel in die Fenne!

Einige Abende später standen Knecht und Junge miteinander vor der Stalltür. Der Knecht lehnte gegen den Türpfosten und rauchte aus einer kurzen Pfeife, deren Rauch er schon nicht mehr sehen konnte; gesprochen hatten er und der Junge noch nicht zusammen. Dem letzteren aber drückte etwas auf die Seele, er wußte nur nicht, wie er dem schweigsamen Knechte ankommen sollte. Der Knecht paffte eine Weile heftig in die Nacht hinaus.

Du, Iven! Weißt du, das Pferdsgeripp auf Jeverssand!
Was ist damit?
Ja, Iven, was ist damit?
Es ist gar nicht mehr da, weder Tages noch bei Mondschein, wohl zwanzigmal bin ich auf den Deich hinausgelaufen!

Aber der Junge war nicht zu bekehren: wenn der Teufel in dem Schimmel steckte, warum sollte er dann nicht lebendig sein? Er fuhr jedesmal erschreckt zusammen, wenn er gegen Abend den Stall betrat, in dem auch sommers das Tier mitunter eingestellt wurde, und es dann den feurigen Kopf so jäh nach ihm herumwarf.
So tat er sich denn heimlich nach einem neuen Dienste um, kündigte und trat um Allerheiligen als Knecht bei Ole Peters ein. Hier fand er andächtige Zuhörer für seine Geschichte von dem Teufelspferd des Deichgrafen.

Aber ich war auch bei Mondschein draußen, es geht auch drüben nichts auf Jeverssand!
Die alten Knochen sind wohl zusamen-gepoltert?
Ja, sind die Knochen auseinandergefallen, so wird's wohl nicht mehr aufstehen können!

Mach keinen Spaß, Iven!
Ich weiß jetzt, ich kann
dir sagen, wo es ist!

Nun, wo ist es denn?

Wo? Es steht in unserem Stall,
da steht's, seit es nicht mehr auf
der Hallig ist. Es ist auch nicht
umsonst, daß der Wirt es allzeit
selber füttert, ich weiß Bescheid,
Iven!

Du bist nicht klug, Carsten, unser
Schimmel? Wenn je ein Pferd ein
lebigs war, so ist es der!
Wie kann so ein Allerweltsjunge
wie du in solch Altem-Weiber-
Glauben sitzen!

Ja, ja, da haben wir nun die Bescherung, und Proteste werden nicht helfen, da der Oberdeichgraf unserm Deichgrafen den Daumen hält!
Aber dein Profil! Der Deich wird ja auch an der Außenseite nach dem Wasser so breit, wie Lawrenz sein Kind nicht lang war! Wo soll das Material herkommen? Wann soll die Arbeit fertig werden?
Das könnt ihr dies Jahr noch zu Ende bringen, so rasch wird der Stecken nicht vom Zaun gebrochen!
Hast wohl recht, Detlev Wiens, die Frühlingsarbeit steht vor der Tür, und nun soll auch ein millionenlanger Deich gemacht werden – da muß ja alles liegenbleiben.

Inzwischen war schon Ende März durch die Oberdeichgrafschaft der Befehl zur neuen Eindeichung eingetroffen. Hauke berief zunächst die Deichgevollmächtigten zusammen, und im Kruge oben bei der Kirche waren eines Tages alle erschienen und hörten zu, wie er ihnen die Hauptpunkte aus den bisher erwachsenen Schriftstücken vorlas: aus seinem Antrage, aus dem Bericht des Oberdeichgrafen, zuletzt den schließlichen Bescheid, worin vor allem auch die Annahme des von ihm vorgeschlagenen Profiles enthalten war und der neue Deich nicht steil wie früher, sondern allmählich verlaufend nach der Seeseite abfallen sollte; aber mit heiteren

Aber wozu die unnütze Arbeit, der Deich soll ja nicht höher werden als der alte und ich mein, der steht schon über dreißig Jahre!
Wenn nicht in diesem, so im nächsten Jahre, das wird am meisten von uns selber abhängen!
Da sagt Ihr recht, vor dreißig Jahren ist der alte Deich gebrochen, dann rückwärts vor fünfunddreißig, und wiederum vor fünfundvierzig Jahren. Seitdem aber, obgleich er noch immer steil und unvernünftig dasteht, haben die höchsten Fluten uns verschont. Der neue Deich aber wird nicht durchbrochen werden, weil der milde Abfall nach der Seeseite den Wellen keinen Angriffspunkt entgegen-stellt, und so werdet ihr für euch und euere Kinder ein sicheres Land gewinnen, und das ist es, weshalb die Herrschaft und der Oberdeichgraf mir den Daumen halten, das ist es auch, was ihr zu eurem eigenen Vorteil einsehen solltet!

oder auch nur zufriedenen Gesichtern hörten sie nicht. Ein ärgerliches Lachen ging durch die Gesellschaft.

Als die Versammelten hierauf nicht sogleich zu antworten bereit waren, erhob sich ein alter weißhaariger Mann mühsam von seinem Stuhle; es war Frau Elkes Pate, Jewe Manners, der auf Haukes Bitten noch immer in seinem Gevollmächtigtenamt verblieben war. Der Greis war immer als ein Mann von Tüchtigkeit und unantastbarer Rechtschaffenheit bekannt.

Deichgraf Hauke Haien, recht hast du, das kann nur die Unvernunft bestreiten. Wir haben Gott mit jedem Tag zu danken, daß er uns trotz unserer Trägheit das kostbare Stück Vorland gegen Sturm und Wasserdrang erhalten hat, jetzt aber ist es wohl die elfte Stunde, in der wir selbst die Hand anlegen müssen. Ich, meine Freunde, bin ein Greis, ich habe Deiche bauen und brechen sehen, aber den Deich, den Hauke Haien nach ihm von Gott verliehener Einsicht projektiert und beider Herrschaft für euch durchgesetzt hat, den wird niemand von euch Lebenden brechen sehen, und wolltet ihr ihm selbst nicht danken, euere Enkel werden ihm den Ehrenkranz doch einstens nicht versagen können!

Ich danke Euch, Jewe Manners, daß Ihr noch hier seid und daß Ihr das Wort gesprochen habt. Ihr andern Herren Gevollmächtigten wollet den neuen Deichbau, der freilich mir zur Last fällt, zum mindesten ansehen als ein Ding, das nun nicht mehr zu ändern steht, und lasset uns demgemäß beschließen, was nun not ist!

Ihr habt es ausgesonnen, Deichgraf, Ihr müsset selbst am besten wissen, wer dazu taugen mag.
Da ihr Geschworene seid, so müsset ihr aus eigener, nicht aus meiner Meinung sprechen, Jakob Meyen, und wenn ihr's dann besser sagt, so werd ich meinen Vorschlag fallenlassen!
Nun ja, es wird schon recht sein.

Die Versammelten hatten sich um den Tisch gestellt, betrachteten Haukes Plan mit halbem Aug und begannen allgemach zu sprechen; doch war's, als geschähe es, damit nur überhaupt etwas gesprochen werde. Als es sich um Zuziehung des Feldmessers handelte, redete einer der Jüngeren. Aber einem der Älteren war es doch nicht völlig recht; er hatte einen Bruderssohn: so einer im Feldmessen sollte hier in der Marsch noch nicht gewesen sein, der sollte noch über des Deichgrafen Vater, den seligen Tede Haien, gehen!
So wurde denn über die beiden Feldmesser verhandelt und endlich beschlossen, ihnen gemeinschaftlich das Werk zu übertragen. Ähnlich ging es bei den Sturzkarren, bei der Strohlieferung und allem andern, und Hauke kam spät und fast erschöpft zu Hause an.

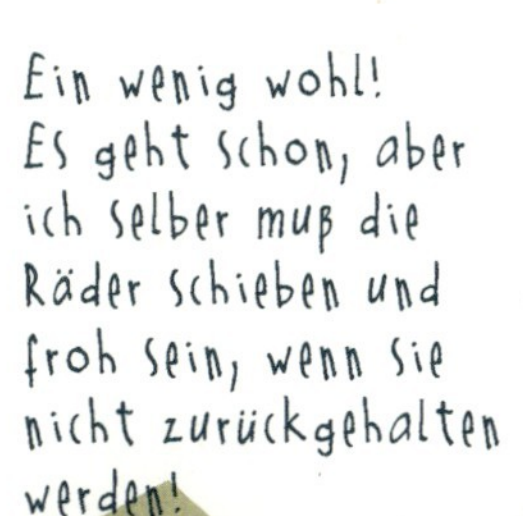
Ein wenig wohl! Es geht schon, aber ich selber muß die Räder schieben und froh sein, wenn sie nicht zurückgehalten werden!
Du siehst so müd aus, Hauke.
Aber doch nicht von allen?
Nein, Elke, dein Pate, Jewe Manners, ist ein guter Mann, ich wollt, er wär um dreißig Jahre jünger.

Aber als er in dem alten Lehnstuhl saß, der noch von seinem gewichtigen, aber leichter lebenden Vorgänger stammte, war auch sein Weib ihm schon zur Seite und strich mit ihrer schmalen Hand das Haar ihm von der Stirn.

Als nach einigen Wochen die Deichlinie abgesteckt und der größte Teil der Sturzkarren geliefert war, waren sämtliche Anteilbesitzer des einzudeichenden Kooges und der hinter dem Deich belegenen Ländereien, durch den Deichgrafen im Kirchspielskrug versammelt worden; es galt, ihnen einen Plan über die Verteilung der Arbeit und Kosten vorzulegen und ihre etwaigen Einwendungen zu vernehmen; denn auch die letzteren hatten, sofern der neue Deich und die neuen Siele die Unterhaltungskosten der älteren Werke verminderten, ihren Teil zu schaffen und zu tragen.

Besinnt euch erst und dann vertrauet unserm Deichgrafen! Der versteht zu rechnen; er hatte schon die meisten Anteile, da wußte er auch mir die meinen abzuhandeln, und als er sie hatte, beschloß er, diesen neuen Koog zu deichen!
Du weißt wohl, ole Peters, daß du mich verleumdest, du tust es dennoch, weil du überdies auch weißt, daß doch ein gut Teil des Schmutzes, womit du mich bewirfst, an mir wird hängenbleiben! Die Wahrheit ist, daß du deine Anteile los sein wolltest und daß ich ihrer derzeit...

Als Hauke jetzt seinen Plan verlesen und die Papiere, die freilich schon drei Tage hier im Kruge zur Einsicht ausgelegen hatten, wieder auf den Tisch breitete, waren zwar ernste Männer zugegen, die mit Ehrerbietung diesen gewissenhaften Fleiß betrachteten und sich nach ruhiger Überlegung den billigen Ansätzen ihres Deichgrafen unterwarfen; andere aber, deren Anteile an dem neuen Lande von ihnen selbst oder ihren Vätern oder sonstigen Vorbesitzern waren veräußert worden, beschwerten sich, daß sie zu den Kosten des neuen Kooges hinzugezogen seien, dessen Land sie nichts mehr angehe, uneingedenk, daß durch die neuen Arbeiten

…für meine Schafzucht bedurfte, und willst du Weiteres wissen, das ungewaschene Wort, das dir im Krug vom Mund gefahren, ich sei nur Deichgraf meines Weibes wegen, das hat mich aufgerüttelt, und ich hab euch zeigen wollen, daß ich wohl um meiner selbst willen Deichgraf sein könne, und somit, Ole Peters, hab ich getan, was schon der Deichgraf vor mir hätte tun sollen. Trägst du mir aber Groll, daß derzeit deine Anteile die meinen geworden sind – du hörst es ja, es sind genug, die jetzt die ihrigen um ein billiges feilbieten, nur weil die Arbeit ihnen jetzt zuviel ist!

Bravo, Hauke Haien! Unser Herrgott wird dir dein Werk gelingen lassen!

auch ihre alten Ländereien nach und nach entbürdet würden; und wieder andere, die mit Anteilen in dem neuen Koog gesegnet waren, schrien, man möge ihnen doch dieselben abnehmen, sie sollten um ein geringes feil sein; denn wegen der unbilligen Leistungen, die ihnen dafür aufgebürdet würden, könnten sie nicht damit bestehen.
Erst in einer zweiten Versammlung wurde alles geordnet, aber auch nur, nachdem Hauke statt der ihm zukommenden drei Gespanne für den nächsten Monat deren vier auf sich genommen hatte.

Endlich, als schon die Pfingstglocken durch das Land läuteten, hatte die Arbeit begonnen. Unablässig fuhren die Sturzkarren von dem Vorlande an die Deichlinie, um den geholten Klei dort abzustürzen, und gleicherweise war dieselbe Anzahl schon wieder auf der Rückfahrt, um auf dem Vorland neuen aufzuladen; an der Deichlinie selber standen Männer mit Schaufeln und Spaten, um das Abgeworfene an seinen Platz zu bringen und zu ebnen; ungeheuere Fuder Stroh wurden angefahren und abgeladen. Zur Bedeckung des leichteren Materials, wie Sand und lose Erde, dessen man an den Binnenseiten sich bediente, wurde das Stroh benutzt; allmählich wurden einzelne Strecken des Deiches fertig, und die Grassoden, womit man sie belegt hatte, wurden stellenweis zum Schutz gegen die nagenden Wellen mit fester Strohbestickung überzogen. Bestellte Aufseher gingen hin und her, und

Frisch zu!
Der Schimmelreiter kommt!
Das hilft nicht!
Um deine Faulheit
darf uns nicht der
Deich verderben!

wenn es stürmte, standen sie mit aufgerissenen Mäulern und schrien ihre Befehle durch Wind und Wetter; dazwischen ritt der Deichgraf auf seinem Schimmel, und das Tier flog mit dem Reiter hin und wider, wenn er rasch und trocken seine Anordnungen machte, wenn er die Arbeiter lobte oder einen Faulen oder Ungeschickten ohn Erbarmen aus der Arbeit wies. Schon von weitem, wenn er unten aus dem Koog heraufkam, hörten sie das Schnauben seines Rosses, und alle Hände faßten fester in die Arbeit.

War es um die Frühstückszeit, wo die Arbeiter mit ihrem Morgenbrot haufenweis beisammen auf der Erde lagen, dann ritt Hauke an den verlassenen Werken entlang, und seine Augen waren scharf, wo liederliche Hände den Spaten geführt hatten.

Wenn er aber zu den Leuten ritt und ihnen auseinandersetzte, wie die Arbeit müsse beschafft werden, sahen sie wohl zu ihm auf und kauten geduldig an ihrem Brote weiter; aber eine Zustimmung oder auch nur eine Äußerung hörte er nicht von ihnen.
Er gab seinem Pferde die Sporen, daß es wie toll in den Koog hinabflog. Von dem unheimlichen Glanze freilich, mit dem sein früherer Dienstjunge den Schimmelreiter bekleidet hatte, wußte er selber nichts; aber die Leute hätten ihn jetzt nur sehen sollen, wie aus seinem hageren Gesicht die Augen starrten, wie sein Mantel flog und wie der Schimmel sprühte!

Was ist das? Hatte denn Elke recht,
daß sie alle gegen mich sind? Auch
diese Knechte und kleinen Leute, von
denen vielen durch meinen neuen Deich
doch eine Wohlhabenheit ins Haus
wächst?

So war der Sommer und der Herbst vergangen; noch bis gegen Ende November war gearbeitet worden, dann geboten Frost und Schnee dem Werke Halt; man war nicht fertig geworden und beschloß, den Koog offen liegen zu lassen. So konnte die Flut, wie in den letzten dreißig Jahren, in den Koog hin eindringen, ohne dort oder an dem neuen Deiche großen Schaden anzurichten. Und so überließ man dem großen Gott das Werk der Menschenhände und stellte es in seinen Schutz, bis die Frühlingssonne die Vollendung würde möglich machen.

Der hilft nicht, nur
Gott kann helfen!

Inzwischen hatte im Hause des Deichgrafen sich ein frohes Ereignis vorbereitet: im neunten Ehejahre war noch ein Kind geboren worden. Es war rot und hutzelig und wog seine sieben Pfund, wie es für neugeborene Kinder sich gebührt, wenn sie, wie dies, dem weiblichen Geschlechte angehören; nur sein Geschrei war wunderlich verhohlen und hatte der Wehmutter nicht gefallen wollen. Das Schlimmste war: am dritten Tage lag Elke im hellen Kindbettfieber, redete Irrsal und kannte weder ihren Mann noch ihre alte Helferin. Die unbändige Freude, die Hauke beim Anblick seines Kindes ergriffen hatte, war zu Trübsal geworden; der Arzt aus der Stadt war geholt, er saß am Bett und fühlte den Puls und verschrieb und sah ratlos um sich her. Hauke schüttelte den Kopf. Er hatte sich sein eigen Christentum zurechtgerechnet, aber es war etwas, das sein Gebet zurückhielt. Als der alte Doktor davongefahren

Wasser! Das Wasser!
Halt mich! Halt mich,
Hauke!In See, ins Meer
hinaus? O lieber Gott,
ich seh ihn nimmer wieder!
Elke! Elke, so kenn
mich doch, ich bin
ja bei dir! Herr, mein
Gott, nimm sie mir
nicht! Du weißt, ich
kann sie nicht ent-
behren!

war, stand er am Fenster, in den winterlichen Tag hinausstarrend, und während die Kranke aus ihren Phantasien aufschrie, schränkte er die Hände zusammen; er wußte selber nicht, war es aus Andacht oder war es nur, um in der ungeheuren Angst sich selbst nicht zu verlieren.

Da wandte er sich und schob die Wärterin von ihrem Bette; er fiel auf seine Knie, umfaßte sein Weib und riß sie an sich. Aber sie öffnete nur die fieberglühenden Augen weit und sah wie rettungslos verloren um sich.

Er legte sie zurück auf ihre Kissen; dann krampfte er die Hände ineinander. Es war, als ob plötzlich eine Stille eingetreten sei; er hörte nur ein leises Atmen; als er sich zum Bette kehrte, lag sein Weib in ruhigem Schlaf.

Hauke! Hauke,
wo bist du?

Der alte Arzt kam wieder, kam jeden Tag, mitunter zweimal, blieb dann eine ganze Nacht, schrieb wieder ein Rezept, und der Knecht Iven Johns ritt damit im Flug zur Apotheke. Dann aber wurde sein Gesicht freundlicher, er nickte dem Deichgrafen vertraulich zu.

Und eines Tags – hatte nun seine Kunst die Krankheit besiegt oder hatte auf Haukes Gebet der liebe Gott doch noch einen Ausweg finden können –, als der Doktor mit der Kranken allein war, sprach er zu ihr, und seine alten Augen lachten. Da brach es wie ein Strahlenmeer aus ihren dunklen Augen. Und als Hauke auf den hellen Ruf ins Zimmer und an ihr Bett stürzte, schlug sie die Arme um seinen Nacken.

Da zog der alte Doktor sein seiden Schnupftuch aus der Tasche, fuhr sich damit über Stirn und Wangen und ging kopfnickend aus dem Zimmer.

Frau, jetzt kann ich's getrost Euch sagen: heut hat der Doktor seinen Festtag, es stand schlimm um Euch, aber nun gehöret Ihr wieder zu uns, zu den Lebendigen!
Hauke, mein Mann, gerettet! Ich bleibe bei dir!

Das wäre soweit gut gewesen; aber es war doch trotz aller lebendigen Arbeit eine Einsamkeit um Hauke, und in seinem Herzen nistete sich ein Trotz und abgeschlossenes Wesen gegen andere Menschen ein; nur gegen sein Weib blieb er allezeit der gleiche, und an der Wiege seines Kindes lag er abends und morgens auf den Knien, als sei dort die Stätte seines ewigen Heils. Gegen Gesinde und Arbeiter aber wurde er strenger; die Ungeschickten und Fahrlässigen, die er früher durch ruhigen Tadel zurechtgewiesen hatte, wurden jetzt durch hartes Auftreten aufgeschreckt, und Elke ging mitunter leise bessern.

Als der Frühling nahte, begannen wieder die Deicharbeiten; mit einem Kajedeich wurde zum Schutz der jetzt aufzubauenden neuen Schleuse die Lücke in der

Bist doch ein braves Tier geworden!

westlichen Deichlinie geschlossen, halbmondförmig nach innen und ebenso nach außen; und gleich der Schleuse wuchs allmählich auch der Hauptdeich zu seiner immer rascher herzustellenden Höhe empor. Leichter wurde dem leitenden Deichgrafen seine Arbeit nicht, denn an Stelle des im Winter verstorbenen Jewe Manners war Ole Peters als Deichgevollmächtigter eingetreten. Hauke hatte nicht versuchen wollen, es zu hindern; aber anstatt der ermutigenden Worte, die er so oft von dem alten Paten seines Weibes einkassiert hatte, kamen ihm jetzt von dem Nachfolger ein heimliches Widerhaken und unnötige Einwände; denn Ole gehörte zwar zu den Wichtigen, aber in Deichsachen nicht zu den Klugen.

Der glänzendste Himmel breitete sich wieder über Meer und Marsch, und der Koog wurde wieder bunt von starken Rindern, deren Gebrüll von Zeit zu Zeit die weite

Komm her,
sollst auch
die Ehre haben!

Stille unterbrach; unablässig sangen in hoher Himmelsluft die Lerchen. Kein Unwetter störte die Arbeit, und die Schleuse stand schon mit ihrem ungestrichenen Balkengefüge, ohne daß auch nur in einer Nacht sie eines Schutzes von dem Interimsdeich bedurft hätte; der Herrgott schien seine Gunst dem neuen Werke zuzuwenden.

Auch Frau Elkes Augen lachten ihrem Manne zu, wenn er auf seinem Schimmel draußen von dem Deich nach Hause kam. Dann klopfte sie den blanken Hals des Pferdes. Hauke aber, wenn sie das Kind am Halse hatte, sprang herab und ließ das winzige Dinglein auf seinen Armen tanzen; wenn dann der Schimmel seine braunen Augen auf das Kind gerichtet hielt, dann setzte er die kleine Wienke – denn so war sie getauft worden – auf seinen Sattel und führte den Schimmel auf der

Werft im Kreise herum. Die Mutter stand mit lachenden Augen in der Haustür; das Kind aber lachte nicht, seine Augen schauten ein wenig stumpf ins Weite, und die kleinen Hände griffen nicht nach dem Stöckchen, das der Vater ihr hinhielt. Hauke achtete nicht darauf, er wußte auch nichts von so kleinen Kindern; nur Elke redete mitunter schmerzlich und drückte heimlich ihr stilles Kind ans Herz.

Zu Ende November, wo Sturm und Regen eingefallen waren, blieb nur noch hart am alten Deich die Schlucht zu schließen, auf deren Grunde an der Nordseite das Meerwasser durch den Priel in den neuen Koog hineinschoß. Zu beiden Seiten standen die Wände des Deiches; der Abgrund zwischen ihnen mußte jetzt verschwinden. Und Hauke setzte alles daran, um jetzt den Schluß herbeizuführen.

Das Meine ist noch nicht so weit wie deines, Stina!
Ja, Frau, die Kinder sind verschieden, der da, der stahl mir schon die Äpfel aus der Kammer, bevor er übers zweite Jahr hinaus war!

Der Regen strömte, der Wind pfiff; aber seine hagere Gestalt auf dem feurigen Schimmel tauchte bald hier, bald dort aus den schwarzen Menschenmassen empor, die oben wie unten an der Nordseite des Deiches neben der Schlucht beschäftigt waren. Jetzt sah man ihn unten bei den Sturzkarren, die schon weither die Kleierde aus dem Vorlande holen mußten und von denen eben ein gedrängter Haufen bei dem Priele anlangte und seine Last dort abzuwerfen suchte.
Der Deichgraf rief die Karren nach den Nummern vor und wies die Drängenden zurück, dann ruhte unten die Arbeit; er rief denen droben zu, und von einem der oben haltenden Fuder stürzte es auf den nassen Klei hinunter. Unten sprangen Männer dazwischen und zerrten es auseinander und schrien nach oben, sie nur nicht zu begraben.

Halt!
Stroh!
Ein Fuder Stroh hinab!
Ausgehalten, Leute!
Ausgehalten!

Und wieder kamen neue Karren, und Hauke war schon wieder oben und sah von seinem Schimmel in die Schlucht hinab und wie sie dort schaufelten und stürzten; dann warf er seine Augen nach dem Meer hinaus.
Es wehte scharf, und er sah, wie mehr und mehr der Wassersaum am Deich hinauf klimmte und wie die Wellen sich noch höher hoben; er sah auch, wie die Leute trieften und kaum atmen konnten in der schweren Arbeit vor dem Winde, der ihnen die Luft am Munde abschnitt, und vor dem kalten Regen, der sie überströmte. Und durch alles Getöse des Wetters hörte man das Geräusch der Arbeiter: das Klatschen der hineingestürzten Kleimassen, das Rasseln der Karren und das Rauschen des von oben hinabgelassenen Strohes ging unaufhaltsam vorwärts; dazwischen war

Nur einen Fuß noch höher, dann ist's genug für diese Flut!
Halt! Haltet ein!

mitunter das Winseln eines gelben Hundes laut geworden, der frierend und wie verloren zwischen Menschen und Fuhrwerken herumgestoßen wurde; plötzlich aber scholl ein jammervoller Schrei des kleinen Tieres von unten aus der Schlucht herauf. Hauke blickte hinab; er hatte es von oben hinunterschleudern sehen; eine jähe Zornröte stieg ihm ins Gesicht. Er schrie zu den Karren hinunter; denn der nasse Klei wurde unaufhaltsam aufgeschüttet.

Aber es rührte sich keine Hand; nur ein paar Spaten zähen Kleis flogen noch neben das schreiende Tier. Da gab er seinem Schimmel die Sporen, daß das Tier einen Schrei ausstieß, und stürmte den Deich hinab, und alles wich vor ihm zurück.

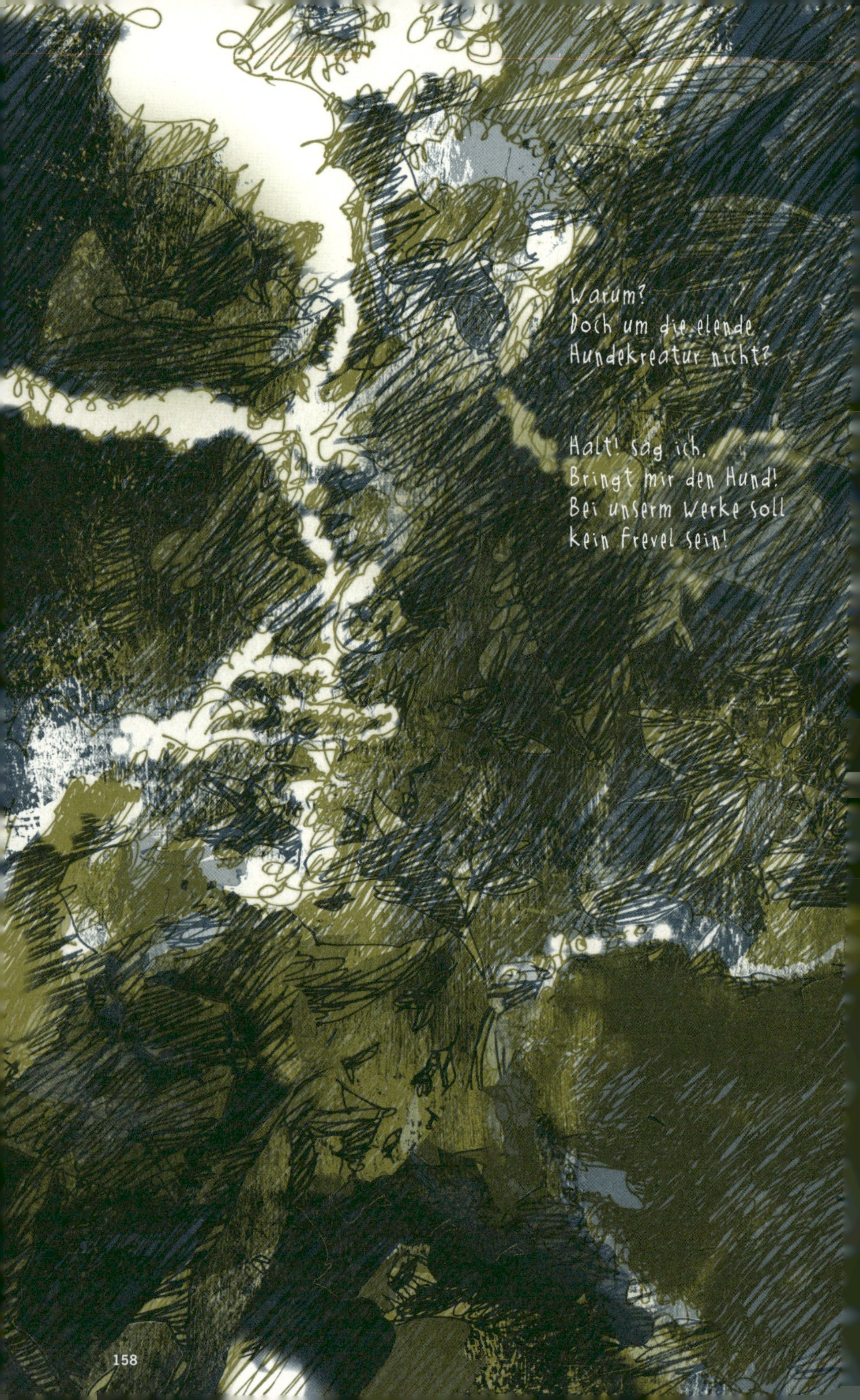
Warum?
Doch um die elende
Hundekreatur nicht?
Halt! sag ich.
Bringt mir den Hund!
Bei unserm Werke soll
kein Frevel sein!

Den Hund! Ich will den Hund!
Nehmt Euch in acht, Deichgraf! Ihr habt nicht Freunde unter diesen Leuten; laßt es mit dem Hunde gehen!

Wer war es? Wer hat die Kreatur hinabgeworfen?
Ich tat es nicht, Deichgraf. Aber der es tat, hat recht getan; soll Euer Deich sich halten, so muß was Lebiges hinein!
Was Lebiges? Aus welchem Katechismus hast du das gelernt?
Aus keinem, Herr!
Ein Kind ist besser noch, wenn das nicht da ist, tut's auch wohl ein Hund!

Der Wind pfiff, der Regen klatschte; die Leute hatten die Spaten in den Grund gesteckt, einige sie fortgeworfen. Hauke sprang vom Pferd und hatte kaum die Zügel noch abgegeben, da war er schon in die Kluft gesprungen und hielt das kleine winselnde Tier in seinem Arm; und fast im selben Augenblicke saß er auch wieder hoch im Sattel und sprengte auf den Deich zurück. Seine Augen flogen über die Männer, die bei den Wagen standen.
Einen Augenblick schwieg alles, denn aus dem hageren Gesicht des Deichgrafen sprühte der Zorn, und sie hatten abergläubische Furcht vor ihm. Da trat von einem Fuhrwerk ein stiernackiger Kerl vor ihn hin. Er biß von einer Rolle Kautabak ein Endchen ab, das er sich erst ruhig in den Mund schob und aus seiner Kehle stieß ein freches Lachen. Oho! erscholl es; aus einem Dutzend Kehlen war der Laut

Schweig du mit deinen Heidenlehren. Es stopfte besser, wenn man dich hineinwürfe.
Oho!
Stroh an die Kante! Morgen früh vier Uhr ist alles wieder auf dem Platz, der Mond wird noch am Himmel sein; da machen wir mit Gott den Schluß!
Und dann noch eines! Kennt ihr den Hund?
Der hat sich taglang schon im Dorf herumgebettelt, der gehört gar keinem!

gekommen, und der Deichgraf gewahrte ringsum grimmige Gesichter und geballte Fäuste; er sah wohl, daß das keine Freunde waren; der Gedanke an seinen Deich überfiel ihn wie ein Schrecken; was sollte werden, wenn jetzt alle ihre Spaten hinwürfen? – Und als er nun den Blick nach unten richtete, sah er einen Freund des alten Jewe Manners; der ging dort zwischen den Arbeitern, sprach zu dem und jenem, lachte hier einem zu, klopfte dort mit freundlichem Gesicht einem auf die Schulter, und einer nach dem andern faßte wieder seinen Spaten; noch einige Augenblicke, und die Arbeit war wieder in vollem Gange.
Eine Stunde war noch so gearbeitet; es war nach sechs Uhr, und schon brach tiefe Dämmerung herein; der Regen hatte aufgehört, da ritt der Deichgraf davon. Und am andern Tage wurde der letzte Spatenstich am neuen Deich getan.

Dann ist
er mein!

Nach einigen Wochen kamen mit dem Oberdeichgrafen die herrschaftlichen Kommissäre zur Besichtigung desselben; ein großes Festmahl, das erste nach dem Leichenmahl des alten Tede Volkerts, wurde im deichgräflichen Hause gehalten; alle Deichgevollmächtigten und die größten Interessenten waren dazu geladen. Nach Tische wurden sämtliche Wagen der Gäste und des Deichgrafen angespannt; Frau Elke wurde von dem Oberdeichgrafen in die Karriole gehoben, vor der der braune Wallach mit seinen Hufen stampfte; dann sprang er selber hintennach und nahm die Zügel in die Hand; er wollte die gescheite Frau seines Deichgrafen selber fahren. So ging es munter von der Werfte und in den Weg hinaus, den Akt zum neuen Deich hinan und auf demselben um den jungen Koog herum. Es war inmittelst ein leichter Nordwestwind aufgekommen, und an der Nord- und Westseite des neuen

Deiches wurde die Flut hinaufgetrieben; aber es war unverkennbar, der sanfte Abfall bedingte einen sanfteren Anschlag; aus dem Munde der herrschaftlichen Kommissäre strömte das Lob des Deichgrafen, daß die Bedenken, welche hie und da von den Gevollmächtigten dagegen vorgebracht wurden, gar bald darin erstickten.

Auch das ging vorüber; aber noch eine Genugtuung empfing der Deichgraf eines Tages, da er in stillem, selbstbewußtem Sinnen auf dem neuen Deich entlangritt. Als er aufblickte, sah er zwei Arbeiter mit ihren Feldgerätschaften, der eine etwa zwanzig Schritte hinter dem andern, sich entgegenkommen. Er hörte es den Nachfolgenden rufen; der andere aber – er stand eben an einem Weg, der in den Koog hinunterführte – rief es ihm entgegen.

Er rief es laut, als solle die ganze Marsch es hören. Hauke aber war es, als höre er seinen Ruhm verkünden; er hob sich im Sattel, gab seinem Schimmel die Sporen und sah mit festen Augen über die weite Landschaft hin, die zu seiner Linken lag. »Hauke-Haien-Koog!« wiederholte er leis; das klang, als könnt es alle Zeit nicht anders heißen! Mochten sie trotzen, wie sie wollten, um seinen Namen war doch nicht herumzukommen. Der Schimmel ging in stolzem Galopp; vor seinen Ohren aber summte es, in seinem Gedanken wuchs fast der neue Deich zu einem achten Weltwunder; in ganz Friesland war nicht seinesgleichen! Und er ließ den Schimmel tanzen; ihm war, er stünde inmitten aller Friesen; er überragte sie um Kopfeshöhe, und seine Blicke flogen scharf und mitleidig über sie hin.

Hauke-Haien-Koog!
Hauke-Haien-Koog!
Hauke-Haien-Koog!

Allmählich waren drei Jahre seit der Eindeichung hin gegangen; das neue Werk hatte sich bewährt, die Reparaturkosten waren nur gering gewesen; im Kooge aber blühte jetzt fast überall der weiße Klee, und ging man über die geschützten Weiden, so trug der Sommerwind einem ganze Wolken süßen Dufts entgegen.
Da war die Zeit gekommen, die bisher nur idealen Anteile in wirkliche zu verwandeln und allen Teilnehmern ihre bestimmten Stücke für immer eigentümlich zuzusetzen. Hauke war nicht müßig gewesen, vorher noch einige neue zu erwerben; Ole Peters hatte sich verbissen zurückgehalten, ihm gehörte nichts im neuen Kooge.

Fortan lebte Hauke einsam seinen Pflichten als Hofwirt wie als Deichgraf und denen, die ihm am nächsten angehörten; die alten Freunde waren nicht mehr in der Zeitlichkeit, neue zu erwerben, war er nicht geeignet. Aber unter seinem Dach war Frieden, den auch das stille Kind nicht störte; es sprach wenig, das stete Fragen, was den aufgeweckten Kindern eigen ist, kam selten, aber ihr liebes, einfältiges Gesichtlein trug fast immer den Ausdruck der Zufriedenheit. Zwei Spielkameraden hatte sie, die waren ihr genug: wenn sie über die Werfte wanderte, sprang das gerettete gelbe Hündlein stets um sie herum, und der zweite Kamerad war eine Lachmöwe, und wie der Hund »Perle«, so hieß die Möwe »Klaus«.
Klaus war durch ein greises Menschenkind auf dem Hofe installiert worden: die achtzigjährige Trin' Jans hatte in ihrer Kate auf dem Außendeich sich nicht mehr

durchbringen können; da hatte Frau Elke gemeint, die verlebte Dienstmagd ihres Großvaters könnte bei ihnen noch ein paar stille Abendstunden und eine gute Sterbekammer finden, und so war sie von ihr und Hauke nach dem Hofe geholt und in dem Nordweststübchen der neuen Scheuer untergebracht worden. Rings an den Wänden hatte sie ihr altes Hausgerät: eine Schatulle von Zuckerkistenholz, darüber zwei bunte Bilder vom verlorenen Sohn, ein längst zur Ruhe gestelltes Spinnrad und ein sehr sauberes Gardinenbett, vor dem ein ungefüger, mit dem weißen Fell des weiland Angorakaters überzogener Schemel stand. Aber auch was Lebiges hatte sie mit hieher gebracht: das war die Möwe Klaus, die sich schon jahrelang zu ihr gehalten hatte und von ihr gefüttert worden war.

Du hast mich hier als
wie gefangen, Deichgraf!
Wo ist denn Jeverssand?
Ich will doch sehen, wo
mein Jung mir derzeit
ist zu Gott gegangen!
Wenn Sie das sehen will,
so muß Sie sich oben unter
den Eschenbaum setzen,
da sieht Sie das ganze Meer!

Die Scheuer lag etwas tiefer an der Werfte; die Alte konnte von ihrem Fenster aus nicht über den Deich auf die See hinausblicken. Sie murrte eines Tages, als Hauke zu ihr eintrat, und wies mit ihrem verkrümmten Finger nach den Fennen hinaus, die sich dort unten breiteten.
Dergleichen blieb lange der Dank für die Hülfe, die ihr die Deichgrafsleute angedeihen ließen; dann aber wurde es auf einmal anders.

Ja, ja, wenn ich deine jungen
Beine hätte, Deichgraf!

Armer Kater!
Na, was hast du denn zu bestellen? Bist du das Deichgrafskind?
So setz dich hier auf meinen Schemel! Ein Angorakater ist's gewesen – so groß!
Aber dein Vater hat ihn totgeschlagen. Wenn er noch lebig wäre, so könntest du auf ihm reiten.

Der kleine Kindskopf Wienkes guckte eines Morgens durch die halbgeöffnete Tür zu ihr herein. Das Kind kam schweigend näher und sah sie mit ihren gleichgültigen Augen unablässig an. Es richtete stumm seine Augen auf das weiße Fell; dann kniete sie nieder und begann es mit ihren kleinen Händen zu streicheln, wie Kinder es bei einer lebenden Katze oder einem Hunde zu machen pflegen.
Die Alte hob das Kind in die Höhe und setzte es derb auf den Schemel nieder. Da es aber stumm und unbeweglich sitzen blieb und sie nur immer ansah, begann sie mit dem Kopfe zu schütteln. Aber ein Erbarmen mit dem Kinde schien sie doch zu überkommen; ihre knöcherne Hand strich über das dürftige Haar desselben, und aus den Augen der Kleinen kam es, als ob ihr damit wohl geschehe.

Du strafst ihn, Gott der Herr! Ja, ja, du strafst ihn!
So! Jetzt ist es genug, und sitzen kannst du auch noch heut auf ihm, vielleicht hat dein Vater ihn auch nur um deshalb totgeschlagen!

Von nun an kam Wienke täglich zu der Alten in die Kammer; sie setzte sich bald von selbst auf den Angoraschemel, und Trin' Jans gab ihr kleine Fleisch- und Brotstückchen in ihre Händchen, und ließ sie diese auf den Fußboden werfen; dann kam mit Gekreisch und ausgespreizten Flügeln die Möwe aus irgendeinem Winkel hervorgeschossen und machte sich darüber her. Erst erschrak das Kind und schrie auf vor dem großen stürmenden Vogel; bald aber war es wie ein eingelerntes Spiel; und wenn sie nur ihr Köpfchen durch den Türspalt steckte, schoß schon der Vogel auf sie zu und setzte sich ihr auf Kopf oder Schulter, bis die Alte ihr zu Hülfe kam und die Fütterung beginnen konnte. Trin' Jans, die es sonst nicht hatte leiden können, daß einer auch nur die Hand nach ihrem »Klaus« ausstreckte, sah jetzt geduldig zu, wie das Kind allmählich ihr den Vogel völlig abgewann. Er ließ sich willig von

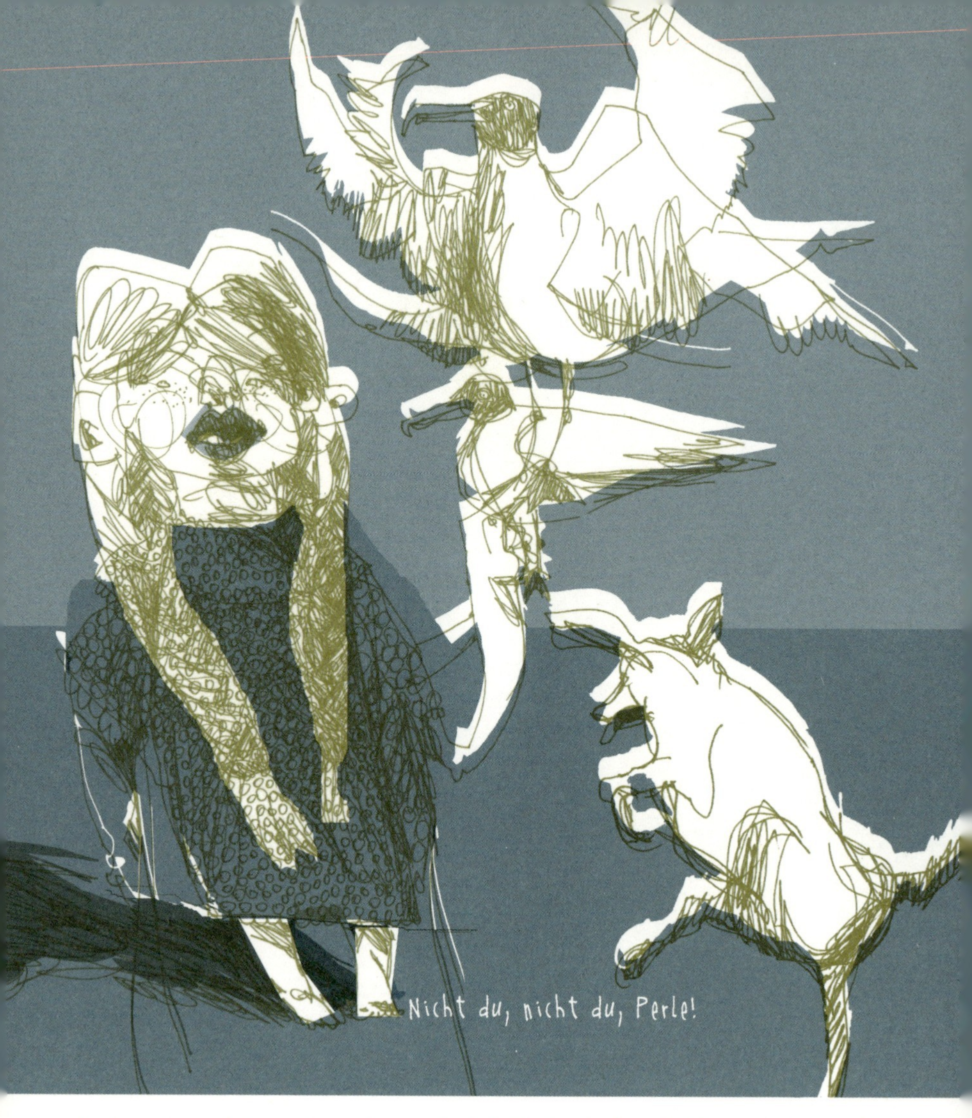
Nicht du, nicht du, Perle!

ihr haschen; sie trug ihn umher und wickelte ihn in ihre Schürze, und wenn dann auf der Werfte etwa das gelbe Hündlein um sie herum und eifersüchtig gegen den Vogel aufsprang, dann hob sie mit ihren Ärmchen die Möwe so hoch, daß diese, sich selbst befreiend, schreiend über die Werfte hinflog und statt ihrer nun der Hund durch Schmeicheln und Springen den Platz auf ihren Armen zu erobern suchte.

Fielen zufällig Hauke und Elkes Augen auf dies wunderliche Vierblatt, das nur durch einen gleichen Mangel am selben Stengel festgehalten wurde, dann flog wohl ein zärtlicher Blick auf ihr Kind; hatten sie sich gewandt, so blieb nur noch ein Schmerz auf ihrem Antlitz, den jedes einsam mit sich von dannen trug, denn das erlösende Wort war zwischen ihnen noch nicht gesprochen worden. Da eines Sommervormittags,

Wienke will mit!
So komm!
In dem Wind? Sie fliegt dir weg!

als Wienke mit der Alten und den beiden Tieren auf den großen Steinen vor der Scheuntür saß, gingen ihre beiden Eltern, der Deichgraf seinen Schimmel hinter sich, die Zügel über dem Arme, hier vorüber; er wollte auf den Deich hinaus und hatte das Pferd sich selber von der Fenne heraufgeholt; sein Weib hatte auf der Werfte sich an seinen Arm gehängt. Die Sonne schien warm hernieder; es war fast schwül, und mitunter kam ein Windstoß aus Südsüdost. Dem Kinde mochte es auf dem Platze unbehaglich werden. Aber es schüttelte die Möwe aus seinem Schoß und griff nach der Hand des Vaters.
Hauke lachte und hob das Kind zu sich auf den Sattel und es lag regungslos im Arm des Vaters; es war, als atme es beklommen unter dem Druck der Gewitterluft; er neigte den Kopf zu ihm. Das Kind sah ihn eine Weile an, aber es schwieg.

Es war Hochflut. Als sie auf den Deich hinaufkamen, schlug der Widerschein der Sonne von dem weiten Wasser ihr in die Augen, ein Wirbelwind trieb die Wellen strudelnd in die Höhe, und neue kamen heran und schlugen klatschend gegen den Strand; da klammerte sie ihre Händchen angstvoll um die Faust ihres Vaters, die den Zügel führte, daß der Schimmel mit einem Satz zur Seite fuhr. Die blaßblauen Augen sahen in wirrem Schreck zu Hauke auf. Sie strich sich das fahlblonde Haar aus der Stirn und wagte es wieder, auf die See hinauszusehen. Ihre Augen gingen wider ihn, als ob sie nicht ganz verstünde; dann barg sie ihr auffallend kleines Köpfchen in dem weiten Rocke ihres Vaters.

Nun, Wienke?
Es tut mir nichts, nein, sag, daß es uns nichts tun soll, du kannst das, und dann tut es uns auch nichts!
Vater du kannst das doch! Kannst du nicht alles?
Still, Kind, du bist bei deinem Vater, das Wasser tut dir nichts!
Nicht ich kann das, Kind. Aber der Deich, auf dem wir reiten, der schützt uns, und den hat dein Vater ausgedacht und bauen lassen.

Das Wasser, Vater! das Wasser! Wienke will lieber nicht sehen, aber du kannst doch alles, Vater?
Hoko? Da kommt es! Nun wollen wir heim zur Mutter!

Nun, Wienke, magst du das große Wasser leiden?
Es spricht, Wienke ist bange!
Es spricht nicht, es rauscht und toset nur!
Hat es Beine? Kann es über den Deich kommen?
Nein, Wienke, dafür paßt dein Vater auf, er ist der Deichgraf.
Laß Wienke zu Trin' Jans, die hat rote Äpfel!
Ja, Vater kann alles – alles!

Ein ferner Donner rollte gegen den Wind herauf. Hauke wandte sein Pferd zur Rückkehr. Das Kind tat einen tiefen Atemzug; aber erst als sie die Werfte und das Haus erreicht hatten, hob es das Köpfchen von seines Vaters Brust. Als dann Frau Elke ihm im Zimmer das Tüchlein und die Kapuze abgenommen hatte, blieb es wie ein kleiner stummer Kegel vor der Mutter stehen.
Und Elke öffnete die Tür und ließ das Kind hinaus. Als sie dieselbe wieder geschlossen hatte, schlug sie mit einem Ausdruck des tiefsten Grams die Augen zu ihrem Manne auf, aus denen ihm sonst nur Trost und Mut zu Hülfe gekommen war.
Er reichte ihr die Hand und drückte sie, als ob es zwischen ihnen keines weiteren Wortes bedürfe. Hauke hielt die Hand seines Weibes fest, die sie ihm entziehen

Hauke, laß mich sprechen, das Kind, das ich nach Jahren geboren habe, es wird für immer ein Kind bleiben. Lieber Gott! es ist schwachsinnig, ich muß es einmal vor dir sagen.
Ich wußte es längst.
So sind wir denn doch allein geblieben.
Ich hab sie lieb, und sie schlägt ihre Ärmchen um mich und drückt sich fest an meine Brust, um alle Schätze wollt ich das nicht missen!

wollte. Die Frau sah finster vor sich hin. Er hatte auch die andere Hand seines Weibes gefaßt und zog sie sanft zu sich heran. Da warf sich Elke an ihres Mannes Brust und weinte sich satt und war mit ihrem Leid nicht mehr allein. Dann plötzlich lächelte sie ihn an; nach einem heftigen Händedruck lief sie hinaus und holte sich ihr Kind aus der Kammer der alten Trin' Jans und nahm es auf ihren Schoß und hätschelte und küßte es.

So lebten die Menschen auf dem Deichgrafshofe still beisammen; wäre das Kind nicht dagewesen, es hätte viel gefehlt.

Laß dich nicht irren, dein Kind, wie du es tust, zu lieben. Sei sicher, das versteht es!
Aber warum?
Was hab ich arme Mutter denn verschuldet?
Ja, Elke, das hab ich freilich auch gefragt, den, der allein es wissen kann, aber du weißt ja auch, der Allmächtige gibt den Menschen keine Antwort – vielleicht, weil wir sie nicht begreifen würden.

Du weißt, ich stand in Dienst bei deinem Urgroßvater, als Hausmagd, und dann mußt ich die Schweine füttern. Der war klüger als sie alle – da war es, es ist grausam lange her, aber eines Abends, der Mond schien, da ließen sie die Meerschleuse schließen, und sie konnte nicht wieder zurück in See. Oh, wie sie schrie und mit ihren Fischhänden sich ihre harten struppigen Haare griff!

Ja, Kind, ich sah es und hörte sie selber schreien!

Die Gräben zwischen den Fennen waren alle voll Wasser, und der Mond schien darauf, daß sie wie Silber glänzten, und sie schwamm aus einem Graben in den andren und hob die Arme und schlug, was ihre Hände waren, aneinander, daß man es weither klatschen hörte, als wenn sie beten wollte, aber, Kind, beten können diese Kreaturen nicht.
Ich saß vor der Haustür auf ein paar Balken, die zum Bauen angefahren waren, und sah weithin über die Fennen, und das Wasserweib schwamm noch immer in den Gräben, und wenn sie die Arme aufhob, so glitzerten auch die wie Silber und Demanten. Zuletzt sah ich sie nicht mehr, und die Wildgäns' und Möwen, die ich all die Zeit nicht gehört hatte, zogen wieder mit Pfeifen und Schnattern durch die Luft.

In der Küche des Haupthauses saß eines Nachmittags die alte Trin' Jans auf der Holzstufe einer Treppe, die neben dem Feuerherd nach dem Boden lief. Es war in den letzten Wochen, als sei sie aufgelebt; sie kam jetzt gern einmal in die Küche und sah Frau Elke hier hantieren; es war keine Rede mehr davon, daß ihre Beine sie nicht hätten dahin tragen können, seit eines Tages klein Wienke sie an der Schürze hier heraufgezogen hatte. Jetzt kniete das Kind an ihrer Seite und sah mit seinen stillen Augen in die Flammen, die aus dem Herdloch aufflackerten; ihr eines Händchen klammerte sich an den Ärmel der Alten, das andere lag in ihrem eigenen fahlblonden Haar. Trin' Jans erzählte.

Konnte sie beten?
Was sagst du? Wer war es?

Kind, die Wasserfrau war es,
das sind Undinger, die nicht selig
werden können.

Nicht selig!

Trin' Jans! Was redet Sie dem Kinde vor? Hab ich Ihr nicht geboten, Ihre Mären für Sich zu behalten oder sie den Gäns' und Hühnern zu erzählen?
Das sind keine Mären. Das hat mein Großohm mir erzählt.

Eine tiefe Stimme kam von der Küchentür, und die Alte zuckte leicht zusammen. Es war der Deichgraf Hauke Haien, der dort am Ständer lehnte. Der Deichgraf warf einen Blick gegen das Fenster; draußen dämmerte es noch kaum.
Er zog sein schwachsinniges Kind zu sich heran und dann ging er mit ihr in die Stube, und Elke band dem Kinde dicke wollene Tücher um Hals und Schultern; und bald danach ging der Vater mit ihr auf dem alten Deiche nach Nordwest hinauf, Jeverssand vorbei, bis wo die Watten breit, fast unübersehbar wurden.

Komm, Wienke! Komm mit mir, ich will dir draußen vom Deich aus etwas zeigen! Nur müssen wir zu Fuß gehen, der Schimmel ist beim Schmied.
Die Seeteufel! Die Seeteufel!
Nein, Wienke, weder Wasserweiber noch Seeteufel, so etwas gibt es nicht, wer hat dir davon gesagt?

Die Dämmerung wuchs allmählich; in der Ferne verschwand alles in Dunst und Duft. Aber dort, wohin noch das Auge reichte, hatten die unsichtbar schwellenden Wattströme das Eis zerrissen, und, wie Hauke Haien es in seiner Jugend einst gesehen hatte, aus den Spalten stiegen wie damals die rauchenden Nebel, und daran entlang waren wiederum die unheimlichen närrischen Gestalten und hüpften gegeneinander und dienerten und dehnten sich plötzlich schreckhaft in die Breite.

Das Kind klammerte sich angstvoll an seinen Vater und deckte dessen Hand über sein Gesichtlein.

Das sind nur arme
hungrige Vögel,
die holen sch die
Fische, die in die
rauchenden Spalten
kommen
Fische.
Ja, Kind, das alles
ist lebig, so wie wir,
es gibt nichts anderes,
aber der liebe Gott
ist überall!

Im Winter hatte es ein paarmal Hochwasser gegeben; aber es war nicht von Belang gewesen; nur drüben am andern Ufer war auf einer Hallig eine Herde Schafe ertrunken und ein Stück vom Vorland abgerissen worden; hier an dieser Seite und am neuen Kooge war ein nennenswerter Schaden nicht geschehen. Aber in der letzten Nacht hatte ein stärkerer Sturm getobt; jetzt mußte der Deichgraf selbst hinaus und alles mit eigenem Aug besichtigen. Schon war er unten von der Südostecke aus auf dem neuen Deich herumgeritten, und es war alles wohl erhalten; als er aber an die Nordostecke gekommen war, dort, wo der neue Deich auf den alten stößt, war zwar der erstere unversehrt, aber wo früher der Priel den alten erreicht hatte und an ihm entlanggeflossen war, sah er in großer Breite die Grasnarbe zerstört und fortgerissen und in dem Körper des Deiches eine von der Flut gewühlte Höhlung, durch welche

überdies ein Gewirr von Mäusegängen bloßgelegt war. Hauke stieg vom Pferde und besichtigte den Schaden in der Nähe: das Mäuseunheil schien unverkennbar noch unsichtbar weiter fortzulaufen. Er erschrak heftig; gegen alles dieses hätte schon beim Bau des neuen Deiches Obacht genommen werden müssen; da es damals übersehen worden, so mußte es jetzt geschehen!

Das Vieh war noch nicht auf den Fennen, das Gras war ungewohnt zurückgeblieben; wohin er blickte, es sah ihn leer und öde an. Er bestieg wieder sein Pferd und ritt am Ufer hin und her: es war Ebbe, und er gewahrte wohl, wie der Strom von außen her sich wieder ein neues Bett im Schlick gewühlt hatte und jetzt von Nordwesten auf den alten Deich gestoßen war; der neue aber, soweit es ihn traf, hatte mit seinem sanfteren Profile dem Anprall widerstehen können.

Ein Haufen neuer Plag und Arbeit erhob sich vor der Seele des Deichgrafen; nicht nur der alte Deich mußte hier verstärkt, auch dessen Profil dem des neuen angenähert werden; vor allem aber mußte der als gefährlich wieder aufgetretene Priel durch neuzulegende Dämme oder Lahnungen abgeleitet werden.

Wenn eine Sturmflut wiederkäme – eine, wie 1655 dagewesen, wo Gut und Menschen ungezählt verschlungen wurden –, wenn sie wiederkäme, wie sie schon mehrmals einst gekommen war! – Ein heißer Schauer überrieselte den Reiter – der alte Deich, er würde den Stoß nicht aushalten, der gegen ihn heraufschösse! Was dann, was sollte dann geschehen? – Nun eines, ein einzig Mittel würde es geben, um vielleicht den alten Koog und Gut und Leben darin zu retten. Hauke fühlte sein

Ich muß noch einmal droben nach dem Krug!
Was willst du dort? Es wird schon Abend, Hauke!
Deichgeschichten! Ich treffe die Gevollmächtigten dort.

Herz stillstehen, sein sonst so fester Kopf schwindelte; er sprach es nicht aus, aber in ihm sprach es stark genug: Dein Koog, der Hauke-Haien-Koog müßte preisgegeben und der neue Deich durchstochen werden!

Den Kopf voll von innerem Schrecknis und ungeordneten Plänen, kam er nach Hause. Er warf sich in seinen Lehnstuhl, und als Elke mit der Tochter in das Zimmer trat, stand er wieder auf und hob das Kind zu sich empor und küßte es; dann jagte er das gelbe Hündlein mit ein paar leichten Schlägen von sich und nahm seine Mütze vom Türhaken, wohin er sie eben erst gehängt hatte.
Seine Frau sah ihn sorgenvoll an. Sie ging ihm nach und drückte ihm die Hand, denn er war mit diesen Worten schon zur Tür hinaus.

Du kommst wohl von draußen, Deichgraf?
Ja, Ole, ich war dort, es sieht übel aus.

Hauke Haien, der sonst alles bei sich selber abgeschlossen hatte, drängte es jetzt, ein Wort von jenen zu erhalten, die er sonst kaum eines Anteils wertgehalten hatte. Im Gastzimmer traf er Ole Peters mit zweien der Gevollmächtigten und einem Koogseinwohner am Kartentisch. Die Karten lagen unberührt auf dem Tisch.
Hauke war aus dem Frieden seines Hauses hierhergekommen; hinter den immerhin noch gemäßigten Worten, die er eben hörte, lag – er konnte es nicht verkennen – ein zäher Widerstand; ihm war, als fehle ihm dagegen die alte Kraft.

übel? –
Nun, ein paar hundert Soden und eine Bestickung wird's wohl kosten, ich war auch dort am Nachmittag.
So wohlfeil wird's nicht abgehen, Ole, der Priel ist wieder da, und wenn er jetzt auch nicht von Norden auf den alten Deich stößt, so tut er's doch von Nordwesten!

Du hättest ihn lassen sollen, wo du ihn fandest!
Ich will's dir sagen, Deichgraf! Dein neuer Koog ist ein fressend Werk, was du uns gestiftet hast! Noch laboriert alles an den schweren Kosten deiner breiten Deiche, nun frißt er uns auch den alten Deich, und wir sollen ihn verneuen.

Ihr liebt es, alles beim teuersten Ende anzufassen!
Zum Glück ist's nicht so schlimm, er hat diesmal gehalten und wird es auch noch ferner tun! Steig nur morgen wieder auf deinen Schimmel, und sieh es dir noch einmal an!
Ich will tun, wie du es rätst, ole. Nur fürcht ich, ich werd es finden, wie ich es heut gesehen habe.

Am folgenden Vormittag, als er wieder auf den Deich hinauskam, war die Welt eine andere, als wie er sie tags zuvor gefunden hatte; zwar war wieder hohl Ebbe, aber der Tag war noch im Steigen, und eine lichte Frühlingssonne ließ ihre Strahlen fast senkrecht auf die unabsehbaren Watten fallen; die weißen Möwen schwebten ruhig hin und wider, und unsichtbar über ihnen, hoch unter dem azurblauen Himmel, sangen die Lerchen ihre ewige Melodie. Hauke, der nicht wußte, wie uns die Natur mit ihrem Reiz betrügen kann, stand auf der Nordwestecke des Deiches und suchte nach dem neuen Bett des Priels, das ihn gestern so erschreckt hatte; aber bei dem vom Zenit herabschießenden Sonnenlichte fand er es anfänglich nicht einmal. Erst da er gegen die blendenden Strahlen seine Augen mit der Hand beschattete, konnte er es nicht verkennen; aber dennoch, die Schatten in der gestrigen Dämmerung

Es war so schlimm nicht,
Du bist gestern doch dein
eigner Narr gewesen!

mußten ihn getäuscht haben; die bloßgelegte Mäusewirtschaft mußte mehr als die Flut den Schaden in dem Deich veranlaßt haben. Durch sorgfältiges Aufgraben und, wie Ole Peters gesagt hatte, durch frische Soden und einigen Ruten Strohbestickung war der Schaden auszuheilen.
Er berief die Gevollmächtigten, und die Arbeiten wurden ohne Widerspruch beschlossen, was bisher noch nie geschehen war. Nach einigen Wochen war alles sauber ausgeführt.

Das Jahr ging weiter, aber je weiter es ging und je ungestörter die neugelegten Rasen durch die Strohdecke grünten, um so unruhiger ging oder ritt Hauke an dieser Stelle vorüber, er wandte die Augen ab, er hatte es sich nicht zumuten können, die

Was hast du, Hauke? Es ist doch kein neues Unheil? Wir sind jetzt so glücklich, mir ist, du hast nun Frieden mit ihnen allen!
Nein, Elke, mich feindet niemand an, es ist nur ein verantwortlich Amt, die Gemeinde vor unseres Herrgotts Meer zu schützen.

unheimliche Stelle aufs neue zu betrachten; und endlich, mit den Händen hätte er alles wieder aufreißen mögen, denn wie ein Gewissensbiß, der außer ihm Gestalt gewonnen hatte, lag dies Stück des Deiches ihm vor Augen. Und doch, seine Hand konnte nicht mehr daran rühren. So war der September gekommen; nachts hatte ein mäßiger Sturm getobt und war zuletzt nach Nordwest umgesprungen. An trübem Vormittag danach, zur Ebbezeit, ritt Hauke auf den Deich hinaus, und es durchfuhr ihn, als er seine Augen über die Watten schweifen ließ; dort, von Nordwesten herauf, sah er plötzlich wieder, und schärfer und tiefer ausgewühlt, das gespenstische neue Bett des Prieles; so sehr er seine Augen anstrengte, es wollte nicht mehr weichen. Als er nach Haus kam, ergriff Elke seine Hand. Er machte sich los, um weiteren Fragen des geliebten Weibes auszuweichen. Er ging in Stall und Scheuer, als ob er

alles revidieren müsse; aber er sah nichts um sich her; er war nur beflissen, seinen Gewissensbiß zur Ruhe, ihn sich selber als eine krankhaft übertriebene Angst zur Überzeugung zu bringen.

Es war das Jahr 1756, das in dieser Gegend nie vergessen wird; im Hause Hauke Haiens brachte es eine Tote. Zu Ende des Septembers war in der Kammer, welche ihr in der Scheune eingeräumt war, die fast neunzigjährige Trin' Jans am Sterben. Man hatte sie nach ihrem Wunsche in den Kissen aufgerichtet, und ihre Augen gingen durch die kleinen bleigefaßten Scheiben in die Ferne; die Spiegelung hob in diesem Augenblick das Meer wie einen flimmernden Silberstreifen über den Rand des Deiches, so daß es blendend in die Kammer schimmerte.

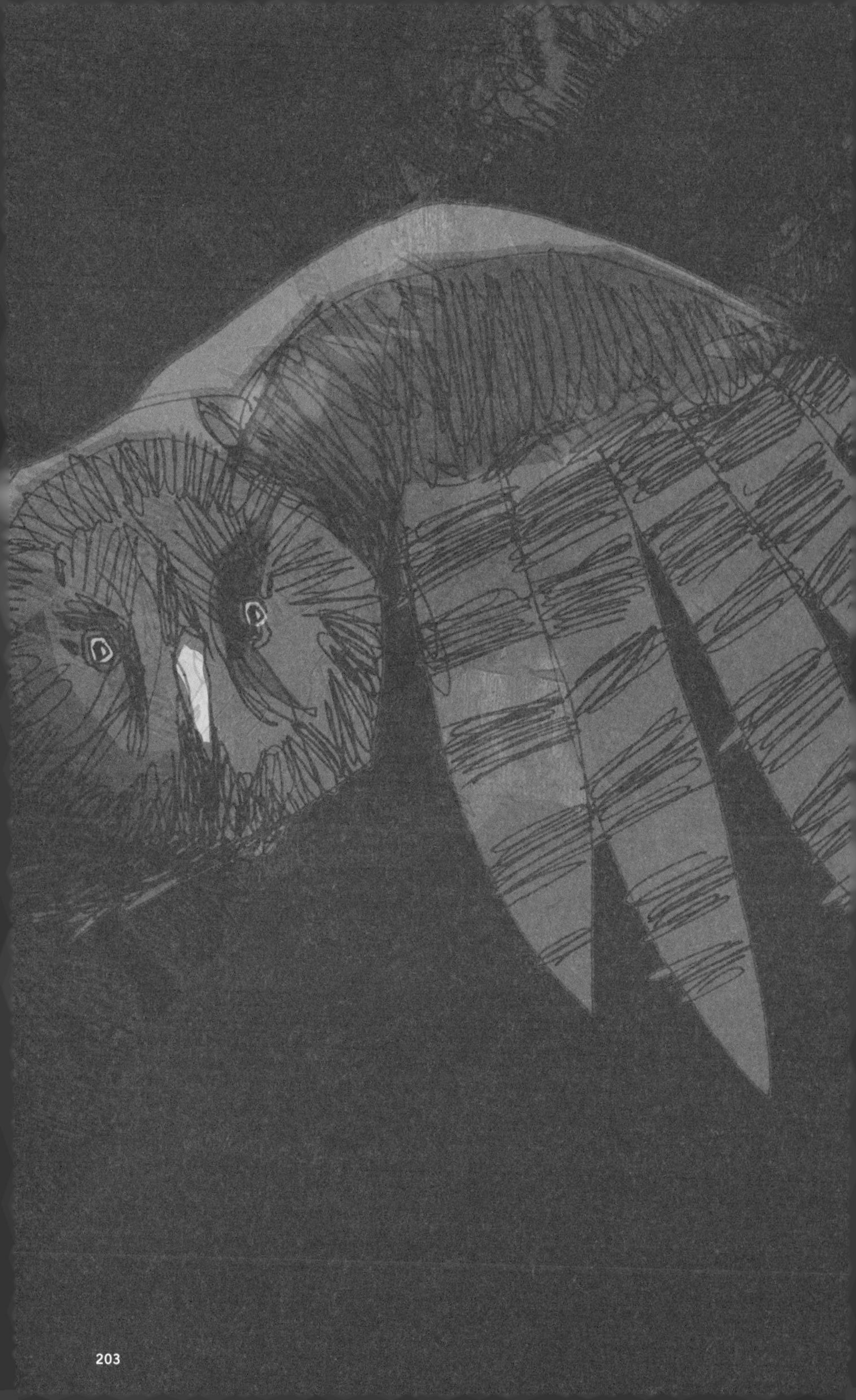

Hölp mi! Hölp mi!
Du bist ja bawen Water...
Gott gnad de annern!
Was macht sie?
Was ist das,
Vater?
Sie stirbt!
Stirbt!
Jins!
Jins!

Am Fußende des Bettes kauerte die kleine Wienke und hielt mit der einen Hand sich fest an der ihres Vaters, der danebenstand. Angstvoll grub sie die Fingernägel in ihres Vaters Hand.
Aber die Alte rührte noch einmal ihre Lippen, und kreischend, wie ein Notschrei, brach es hervor, und ihre knöchernen Arme streckten sich gegen die draußen flimmernde Meeresspiegelung. Ihre Arme sanken, ein leises Krachen der Bettstatt wurde hörbar; sie hatte aufgehört zu leben.

Stirbt sie noch immer?
Sie hat es vollbracht! Sie ist nun weit von uns, beim lieben Gott.
Beim lieben Gott! Ist das gut, beim lieben Gott?
Ja, das ist das Beste.
Gott gnad den annern! Was wollte die alte Hexe? Sind denn die sterbenden Propheten?

Bald nachdem Trin' Jans oben bei der Kirche eingegraben war, begann man immer lauter von allerlei Unheil und seltsamem Geschmeiß zu reden, das die Menschen in Nordfriesland erschreckt haben sollte; und sicher war es: am Sonntage Lätare war droben von der Turmspitze der goldene Hahn durch einen Wirbelwind herabgeworfen worden; auch das war richtig: im Hochsommer fiel, wie ein Schnee, ein groß Geschmeiß vom Himmel, daß man die Augen davor nicht auftun konnte und es hernach fast handhoch auf den Fennen lag, und hatte niemand je so was gesehen.

Klaus!
Wo ist mein
Klaus?

Es war vor Allerheiligen, im Oktober. Tagüber hatte es stark aus Südwest gestürmt; Abends stand ein halber Mond am Himmel, dunkelbraune Wolken jagten überhin, und Schatten und trübes Licht flogen auf der Erde durcheinander; der Sturm war im Wachsen. Im Zimmer des Deichgrafen stand noch der geleerte Abendtisch; die Knechte waren in den Stall gewiesen, um dort des Viehes zu achten; die Mägde mußten im Hause und auf den Böden nachsehen, ob Türen und Luken wohlverschlossen seien, daß nicht der Sturm hineinfasse und Unheil anrichte. Drinnen stand Hauke neben seiner Frau am Fenster; er hatte eben sein Abendbrot hinabgeschlungen; er war draußen auf dem Deich gewesen. Zu Fuße war er hinausgetrabt, schon früh am Nachmittag; spitze Pfähle und Säcke voll Klei oder Erde hatte er hie und dort, wo der Deich eine Schwäche zu verraten schien, zusammentragen lassen;

Dein Klaus ist in der Scheune,
da sitzt er warm.
Warum? Ist das gut?
Ja, das ist gut.

überall hatte er Leute angestellt, um die Pfähle einzurammen und mit den Säcken vorzudämmen, sobald die Flut den Deich zu schädigen beginne; an dem Winkel zu Nordwesten, wo der alte und der neue Deich zusammenstießen, hatte er die meisten Menschen hingestellt, nur im Notfall durften sie von den angewiesenen Plätzen weichen. Vor kaum einer Viertelstunde, naß, zerzaust, war er in seinem Hause angekommen, und jetzt, das Ohr nach den Windböen, welche die in Blei gefaßten Scheiben rasseln machten, blickte er wie gedankenlos in die wüste Nacht hinaus; die Wanduhr hinter ihrer Glasscheibe schlug eben acht. Das Kind, das neben der Mutter stand, fuhr zusammen und barg den Kopf in deren Kleider.
Sie konnte wohl nach der Möwe fragen, denn die hatte, wie schon im vorigen Jahr, so auch jetzt ihre Winterreise nicht mehr angetreten. Der Vater überhörte die Frage.

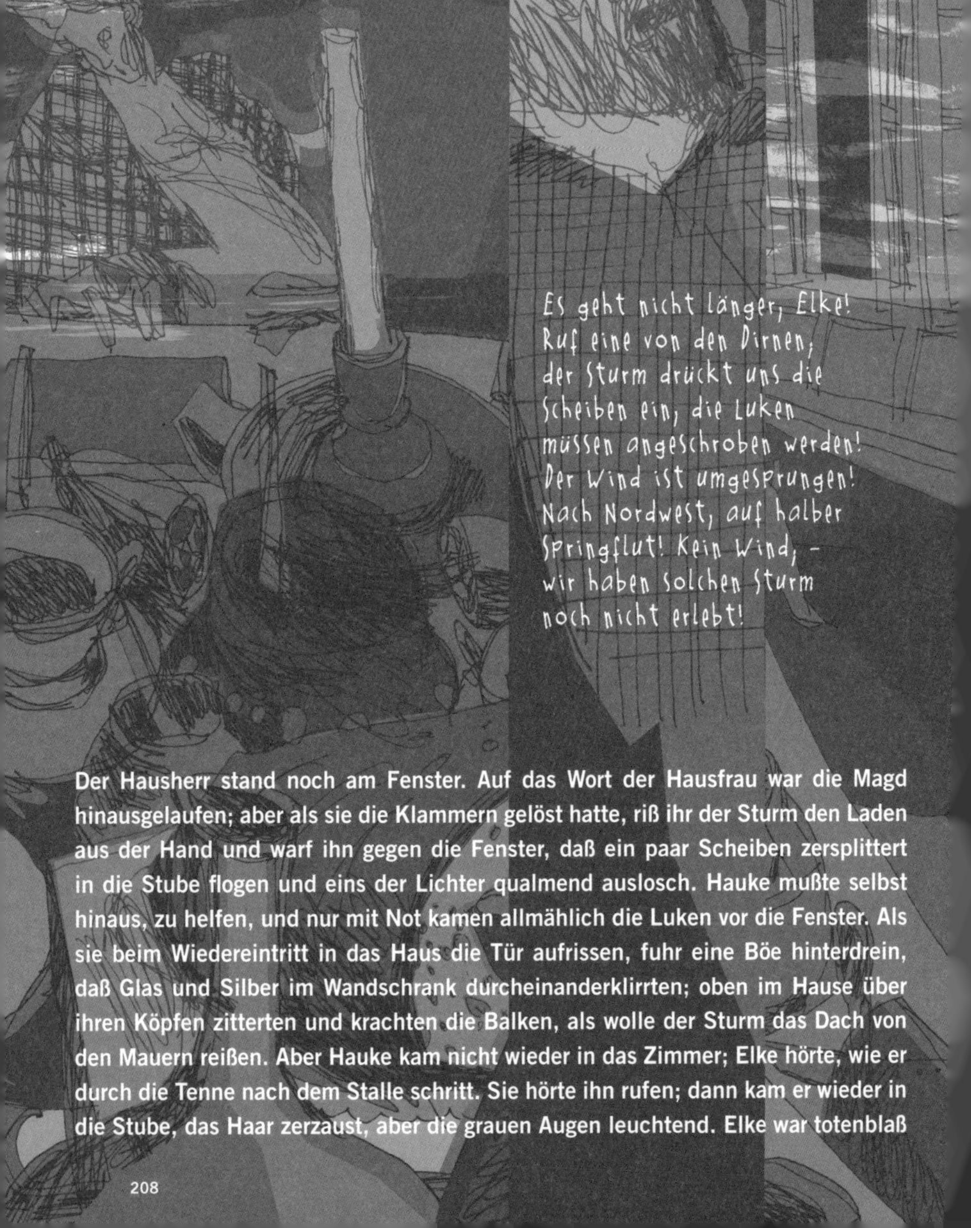
Es geht nicht länger, Elke! Ruf eine von den Dirnen; der Sturm drückt uns die Scheiben ein, die Luken müssen angeschroben werden! Der Wind ist umgesprungen! Nach Nordwest, auf halber Springflut! Kein Wind, – wir haben solchen Sturm noch nicht erlebt!

Der Hausherr stand noch am Fenster. Auf das Wort der Hausfrau war die Magd hinausgelaufen; aber als sie die Klammern gelöst hatte, riß ihr der Sturm den Laden aus der Hand und warf ihn gegen die Fenster, daß ein paar Scheiben zersplittert in die Stube flogen und eins der Lichter qualmend auslosch. Hauke mußte selbst hinaus, zu helfen, und nur mit Not kamen allmählich die Luken vor die Fenster. Als sie beim Wiedereintritt in das Haus die Tür aufrissen, fuhr eine Böe hinterdrein, daß Glas und Silber im Wandschrank durcheinanderklirrten; oben im Hause über ihren Köpfen zitterten und krachten die Balken, als wolle der Sturm das Dach von den Mauern reißen. Aber Hauke kam nicht wieder in das Zimmer; Elke hörte, wie er durch die Tenne nach dem Stalle schritt. Sie hörte ihn rufen; dann kam er wieder in die Stube, das Haar zerzaust, aber die grauen Augen leuchtend. Elke war totenblaß

Den Schimmel!
Den Schimmel,
John! Rasch!
Vater,
mein Vater!
Mein lieber
Vater!
Und du
mußt noch
einmal
hinaus?
Ja, Hauke,
ich weiß es wohl,
du mußt!
Das ist unser
Kampf!
Ihr seid hier
sicher, an dies
Haus ist noch
keine Flut
gestiegen.
Und bete zu
Gott, daß er
auch mit mir
sei!

geworden. Er ergriff ihre beiden Hände und drückte sie wie im Krampfe in die seinen. Sie erhob langsam ihre dunkeln Augen zu ihm, und ein paar Sekunden lang sahen sie sich an; doch war's wie eine Ewigkeit.
Draußen wieherte der Schimmel, daß es wie Trompetenschall in das Heulen des Sturmes hineinklang. Elke war mit ihrem Mann hinausgegangen; die alte Esche knarrte, als ob sie auseinanderstürzen solle. Schon war er auf sein Pferd gesprungen; das Tier stieg mit den Vorderhufen in die Höhe, dann, gleich einem Streithengst, der sich in die Schlacht stürzt, jagte es mit seinem Reiter die Werfte hinunter, in Nacht und Sturmgeheul hinaus. Eine klägliche Kinderstimme schrie hinter ihm darein.

Steigt auf,
Herr! Der
Schimmel
ist wie toll,
die Zügel
könnten
reißen.
Bei Sonnenaufgang
bin ich wieder da!

Wienke war im Dunkeln hinter dem Fortjagenden hergelaufen; aber schon nach hundert Schritten strauchelte sie über einen Erdhaufen und fiel zu Boden.

Der Knecht Iven Johns brachte das weinende Kind der Mutter zurück; die lehnte am Stamme der Esche, deren Zweige über ihr die Luft peitschten, und starrte wie abwesend in die Nacht hinaus, in der ihr Mann verschwunden war. Wenn das Brüllen des Sturmes und das ferne Klatschen des Meeres einen Augenblick aussetzten, fuhr sie wie in Schreck zusammen; ihr war jetzt, als suche alles nur ihn zu verderben und werde jäh verstummen, wenn es ihn gefaßt habe.
Elke hob Wienke an ihre Brust, so fest nur Liebe fassen kann, und stürzte mit ihr

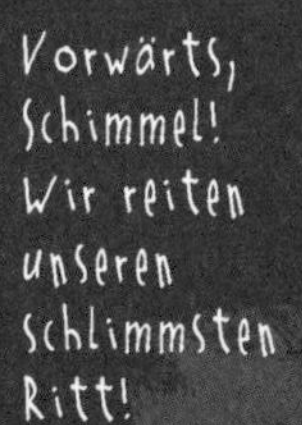
Vorwärts, Schimmel! Wir reiten unseren schlimmsten Ritt!

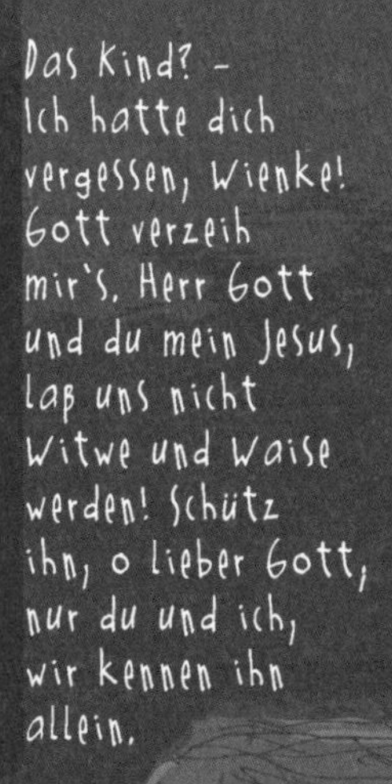
Das Kind? – Ich hatte dich vergessen, Wienke! Gott verzeih mir's. Herr Gott und du mein Jesus, laß uns nicht Witwe und Waise werden! Schütz ihn, o lieber Gott, nur du und ich, wir kennen ihn allein.

Hier ist das Kind, Frau! Haltet es fest!

in die Knie. Und der Sturm setzte nicht mehr aus; es tönte und donnerte, als solle die ganze Welt in ungeheuerem Hall und Schall zugrunde gehen.

Der Deichgraf Hauke Haien jagte auf seinem Schimmel dem Deiche zu. Der schmale Weg war grundlos, denn die Tage vorher war unermeßlicher Regen gefallen; aber der nasse saugende Klei schien gleichwohl die Hufe des Tieres nicht zu halten, es war, als hätte es festen Sommerboden unter sich. Wie eine Wilde Jagd trieben die Wolken am Himmel; unten lag die weite Marsch wie eine von unruhigen Schatten erfüllte Wüste; von dem Wasser hinter dem Deiche kam ein dumpfes Tosen, als müsse es alles andere verschlingen.

Da klang es wie ein Todesschrei unter den Hufen seines Rosses. Er riß den Zügel zurück; er sah sich um: ihm zur Seite dicht über dem Boden, halb fliegend, halb vom Sturme geschleudert, zog eine Schar von weißen Möwen, ein höhnisches Gegacker ausstoßend; sie suchten Schutz im Lande. Eine von ihnen – der Mond schien flüchtig durch die Wolken – lag am Weg zertreten: dem Reiter war's, als flattere ein rotes Band an ihrem Halse. War es der Vogel seines Kindes? Hatte er Roß und Reiter erkannt und sich bei ihnen bergen wollen? – Der Reiter wußte es nicht und schon hob der Schimmel zu neuem Rennen seine Hufe; da setzte der Sturm plötzlich aus, eine Totenstille trat an seine Stelle; nur eine Sekunde lang, dann kam er mit erneuter Wut zurück; aber Menschenstimmen und verlorenes Hundegebell waren inzwischen an des Reiters Ohr geschlagen, und als er rückwärts nach seinem Dorf

den Kopf wandte, erkannte er in dem Mondlicht, das hervorbrach, auf den Werften und vor den Häusern Menschen an hochbeladenen Wagen umherhantieren; er sah, wie im Fluge, noch andere Wagen eilend nach der Geest hinauffahren; Gebrüll von Rindern traf sein Ohr, die aus den warmen Ställen nach dort hinaufgetrieben wurden. Eine furchtbare Böe kam brüllend vom Meer herüber, und ihr entgegen stürmten Roß und Reiter den schmalen Weg zum Deich hinan. Als sie oben waren, stoppte Hauke mit Gewalt sein Pferd. Nur Berge von Wasser sah er vor sich, die dräuend gegen den nächtlichen Himmel stiegen, die in der furchtbaren Dämmerung sich übereinanderzutürmen suchten und gegen das feste Land schlugen. Mit weißen Kronen kamen sie daher, heulend, als sei in ihnen der Schrei alles furchtbaren Raubgetiers der Wildnis.

Klaus! Armer Klaus!
Vorwärts!

Der Schimmel schlug mit den Vorderhufen und schnob mit seinen Nüstern in den Lärm hinaus; den Reiter aber wollte es überfallen, als sei hier alle Menschenmacht zu Ende; als müsse jetzt die Nacht, der Tod, das Nichts hereinbrechen.
Doch er besann sich: es war ja Sturmflut; nur hatte er sie selbst noch nimmer so gesehen; sein Weib, sein Kind, sie saßen sicher auf der hohen Werfte, in dem festen Hause; sein Deich aber – und wie ein Stolz flog es ihm durch die Brust –, der Hauke-Haien-Deich, wie ihn die Leute nannten, der mochte jetzt beweisen, wie man Deiche bauen müsse!
Aber – was war das? – Er hielt an dem Winkel zwischen beiden Deichen; wo waren die Leute, die er hiehergestellt, die hier die Wacht zu halten hatten? Er ritt ein Stück hinaus, aber er blieb allein; nur das Wehen des Sturmes und das Brausen des

Der soll schon stehen!

Meeres schlug betäubend an sein Ohr. Er wandte das Pferd zurück: er kam wieder zu der verlassenen Ecke und ließ seine Augen längs der Linie des neuen Deiches gleiten; er erkannte deutlich: langsamer, weniger gewaltig rollten hier die Wellen heran; fast schien's, als wäre dort ein ander Wasser und wie ein Lachen stieg es in ihm herauf.

Aber das Lachen verging ihm, als seine Blicke weiter an der Linie seines Deiches entlangglitten: an der Nordwestecke – was war das dort? Ein dunkler Haufen wimmelte durcheinander; er sah, wie es sich emsig rührte und drängte – kein Zweifel, es waren Menschen! Was wollten, was arbeiteten die jetzt an seinem Deich?

Und schon saßen seine Sporen dem Schimmel in den Weichen, und das Tier flog mit ihm dahin; der Sturm kam von der Breitseite, daß sie fast vom Deiche in den

Halt! Halt! Was treibt ihr hier für Teufelsunfug?
Wir sollen den neuen Deich durchstechen, Herr, damit der alte Deich nicht bricht!
Was treibt ihr hier, was soll das heißen?

neuen Koog hinabgeschleudert wären. Schon gewahrte Hauke, daß wohl ein paar Dutzend Menschen in eifriger Arbeit dort beisammen seien, und schon sah er deutlich, daß eine Rinne quer durch den neuen Deich gegraben war.

Sie hatten in Schreck die Spaten ruhen lassen, als sie auf einmal den Deichgraf unter sich gewahrten; seine Worte hatte der Sturm ihnen zugetragen, und er sah wohl, daß mehrere ihm zu antworten strebten; aber er gewahrte nur ihre heftigen Gebärden, denn sie standen alle ihm zur Linken, und was sie sprachen, nahm der Sturm hinweg. Hauke maß mit seinen raschen Augen die gegrabene Rinne und den Stand des Wassers, das fast an die Höhe des Deichs hinaufklatschte und Roß und Reiter überspritzte. Nur noch zehn Minuten Arbeit – er sah es wohl –, dann brach die Hochflut durch die Rinne, und der Hauke-Haien-Koog wurde vom Meer begraben!

Was sollt ihr?
Den neuen Deich durchstechen!
Und den Koog verschütten? – Welcher Teufel hat euch das befohlen?
Nein, Herr, kein Teufel, Ole Peters ist hier gewesen, der hat's befohlen!

Der Deichgraf winkte einen der Arbeiter an die andere Seite seines Pferdes. Und da sie zögerten, sprengte er mit seinem Schimmel zwischen sie. Einer aus dem Haufen stieß mit seinem Spaten gegen das wie rasend sich gebärdende Tier; aber ein Hufschlag schleuderte ihm den Spaten aus der Hand, ein anderer stürzte zu Boden. Da plötzlich erhob sich ein Schrei aus dem übrigen Haufen, ein Schrei, wie ihn nur die Todesangst einer Menschenkehle zu entreißen pflegt; einen Augenblick war alles, auch der Deichgraf und der Schimmel, wie gelähmt; nur ein Arbeiter hatte gleich einem Wegweiser seinen Arm gestreckt; der wies nach der Nordwestecke der beiden Deiche, dort wo der neue auf den alten stieß. Hauke drehte sich im Sattel: was gab es dort? Seine Augen wurden groß und eine Stimme kam aus dem Haufen. Haukes zornrotes Antlitz war totenbleich geworden; der Mond, der es beschien,

Kennt ihr mich?
Wo ich bin, hat
Ole Peters nichts
zu ordinieren!

Fort mit euch!
An euere Plätze,
wo ich euch
hingestellt!

Fort, zu euerer
oder des Teufels
Großmutter!

Herr, hütet Euch!

konnte es nicht bleicher machen; seine Arme hingen schlaff, er wußte kaum, daß er den Zügel hielt. Aber auch das war nur ein Augenblick; schon richtete er sich auf, ein hartes Stöhnen brach aus seinem Munde; dann wandte er stumm sein Pferd, und der Schimmel schnob und raste ostwärts auf dem Deich mit ihm dahin. Des Reiters Augen flogen scharf nach allen Seiten; in seinem Kopfe wühlten die Gedanken: Was hatte er für Schuld vor Gottes Thron zu tragen? – Der Durchstich des neuen Deiches – vielleicht, sie hätten's fertiggebracht, wenn er sein Halt nicht gerufen hätte: aber – es war noch eins, und es schoß ihm heiß zu Herzen, er wußte es nur zu gut – im vorigen Sommer, hätte damals Ole Peters' böses Maul ihn nicht

Herr Gott! Ein Bruch!
Ein Bruch im alten Deich!
Euere Schuld, Deichgraf!
Euere Schuld! Nehmt's mit
vor Gottes Thron!

zurückgehalten – da lag's! Er allein hatte die Schwäche des alten Deichs erkannt; er hätte trotz alledem das neue Werk betreiben müssen.

Zu seiner Linken tobte das Meer; vor ihm, und jetzt in voller Finsternis, lag der alte Koog mit seinen Werften und heimatlichen Häusern; das bleiche Himmelslicht war völlig ausgetan; nur von einer Stelle brach ein Lichtschein durch das Dunkel. Es mußte von seinem Haus herüberscheinen, es war ihm wie ein Gruß von Weib und Kind. Gottlob, sie saßen sicher auf der hohen Werfte! Die andern, gewiß, sie waren schon im Geestdorf droben; von dorther schimmerte soviel Lichtschein, wie er niemals noch gesehen hatte.

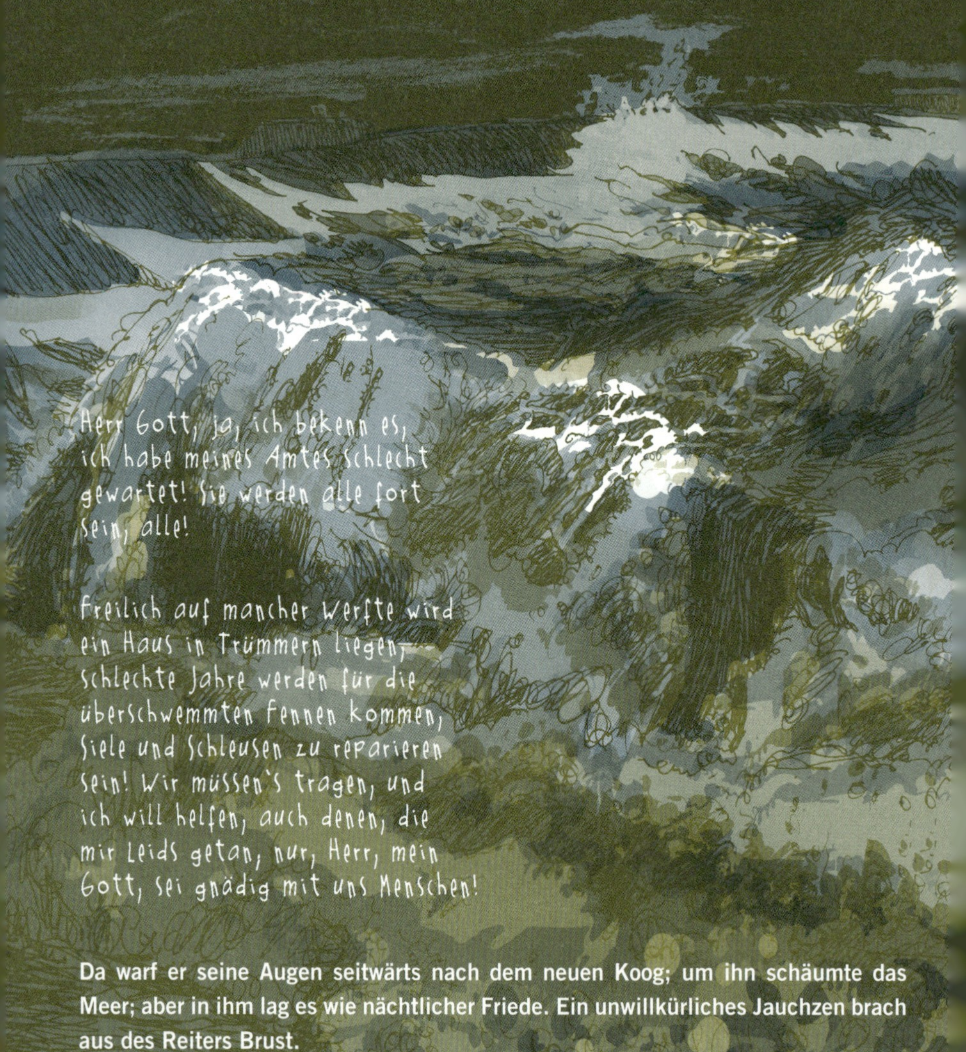
Herr Gott, ja, ich bekenn es,
ich habe meines Amtes schlecht
gewartet! Sie werden alle fort
sein, alle!
Freilich auf mancher Werfte wird
ein Haus in Trümmern liegen,
schlechte Jahre werden für die
überschwemmten Fennen kommen,
Siele und Schleusen zu reparieren
sein! Wir müssen's tragen, und
ich will helfen, auch denen, die
mir Leids getan, nur, Herr, mein
Gott, sei gnädig mit uns Menschen!

Da warf er seine Augen seitwärts nach dem neuen Koog; um ihn schäumte das Meer; aber in ihm lag es wie nächtlicher Friede. Ein unwillkürliches Jauchzen brach aus des Reiters Brust.
Ein donnerartiges Rauschen zu seinen Füßen weckte ihn aus diesen Träumen; der Schimmel wollte nicht mehr vorwärts. Was war das? Ein Deichstück stürzte vor ihm in die Tiefe. Unwillkürlich riß er das Pferd zurück; da flog der letzte Wolkenmantel von dem Mond, und das milde Gestirn beleuchtete den Graus, der schäumend, zischend vor ihm in die Tiefe stürzte, in den alten Koog hinab.
Wie sinnlos starrte Hauke darauf hin; eine Sündflut war's, um Tier und Menschen zu verschlingen. Da blinkte wieder ihm der Lichtschein in die Augen; es war derselbe,

Der Hauke-Haien-Deich,
er soll schon halten,
er wird es noch nach
hundert Jahren tun!

den er vorhin gewahrt hatte; noch immer brannte der auf seiner Werfte; und als er jetzt ermutigt in den Koog hinabsah, gewahrte er wohl, daß hinter dem sinnverwirrenden Strudel, der tosend vor ihm hinabstürzte, nur eine Breite von etwa hundert Schritten überflutet war; dahinter konnte er deutlich den Weg erkennen, der vom Koog heranführte. Er sah noch mehr: ein Wagen kam wie toll gegen den Deich herangefahren; ein Weib, ja auch ein Kind saßen darin. Und jetzt – war das nicht das kreischende Gebell eines kleinen Hundes, das im Sturm vorüberflog? Allmächtiger Gott! Sein Weib, sein Kind waren es; schon kamen sie dicht heran, und die schäumende Wassermasse drängte auf sie zu. Ein Schrei, ein Verzweiflungsschrei brach aus der Brust des Reiters.

Gott Dank! Sie sind dabei, sich und ihr Vieh zu retten!

Mein Weib! Mein Kind! –

Nein, nein, auf unsere Werfte steigt das Wasser nicht!

Der soll schon stehen!

Elke! Elke!
Zurück!
Zurück!

Mein Kind!
Elke,
o getreue Elke!

Aber Sturm und Meer waren nicht barmherzig, ihr Toben zerwehte seine Worte; und das Fuhrwerk flog ohne Aufenthalt der stürzenden Flut entgegen. Da sah er, daß das Weib wie gegen ihn hinauf die Arme streckte: Hatte sie ihn erkannt? Hatte die Sehnsucht, die Todesangst um ihn sie aus dem sicheren Haus getrieben? Und jetzt – rief sie ein letztes Wort ihm zu? – Die Fragen fuhren durch sein Hirn; sie blieben ohne Antwort: von ihr zu ihm, von ihm zu ihr waren die Worte all verloren: nur ein Brausen wie vom Weltenuntergang füllte ihre Ohren und ließ keinen andern Laut hinein.

Das Ende!
Vorwärts!
Herr Gott, nimm mich,
verschon die andern!

Hauke schrie in den Sturm hinaus. Da sank aufs neu ein großes Stück des Deiches vor ihm in die Tiefe, und donnernd stürzte das Meer sich hinterdrein; noch einmal sah er drunten den Kopf des Pferdes, die Räder des Gefährtes aus dem wüsten Greuel emportauchen und dann quirlend darin untergehen. Dann ritt er an den Abgrund, wo unter ihm die Wasser, unheimlich rauschend, sein Heimatdorf zu überfluten begannen; noch immer sah er das Licht von seinem Hause schimmern; es war ihm wie entseelt. Er richtete sich hoch auf und stieß dem Schimmel die Sporen in die Weichen; das Tier bäumte sich, es hätte sich fast überschlagen; aber die Kraft des Mannes drückte es herunter. Noch ein Sporenstich; ein Schrei des

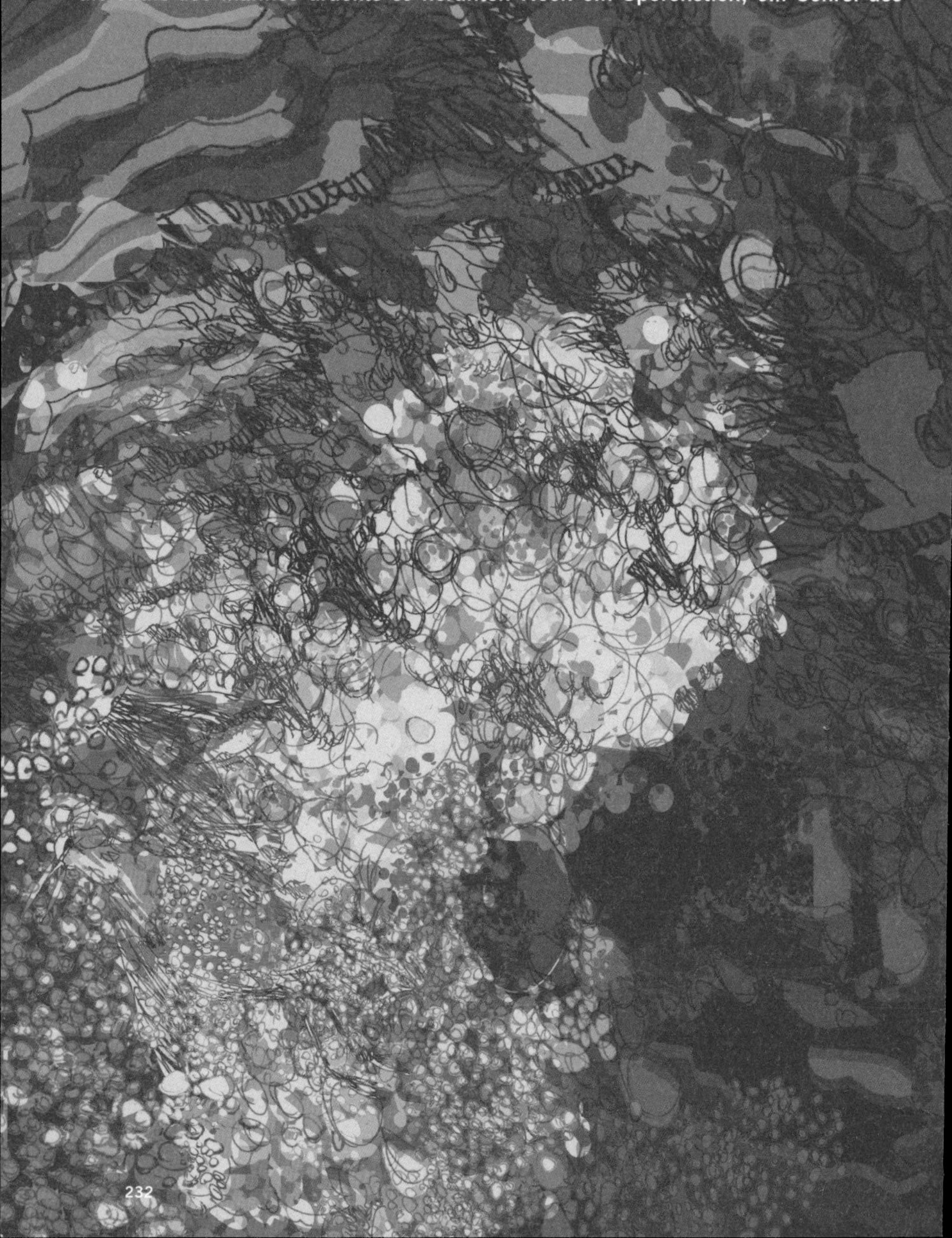

Schimmels, der Sturm und Wellenbrausen überschrie; dann unten aus dem hinabstürzenden Strom ein dumpfer Schall, ein kurzer Kampf.

Der Mond sah leuchtend aus der Höhe; aber unten auf dem Deiche war kein Leben mehr als nur die wilden Wasser, die bald den alten Koog fast völlig überflutet hatten. Noch immer aber ragte die Werfte von Hauke Haiens Hofstatt aus dem Schwall hervor, noch schimmerte von dort der Lichtschein, und von der Geest her, wo die Häuser allmählich dunkel wurden, warf noch die einsame Leuchte aus dem Kirchturm ihre zitternden Lichtfunken über die schäumenden Wellen.

Nachwort des Herausgebers

Die sogenannte Graphic Novel gilt als intensivste Kombination von Sprache und Illustration. Sie ist seit langem als Buchkunst anerkannt, das künstlerische Niveau schwankt allerdings heftig. Zunehmend werden auch Werke der Weltliteratur zeichnerisch gestaltet, mit – hoffentlich – neuem Licht auf den Text und neuem Zugang zum Leser.

Storms „Schimmelreiter“ ist Weltliteratur, entsprechend hoch müssen die Ansprüche gesteckt werden. Das Besondere ist gefordert, das den bekannten Stoff in seiner Wirkung sogar noch steigert. Ute Helmbold gelingt das in herausragender Manier.

Basis ihrer Arbeit ist Storms Kernerzählung, die jetzt - ohne Rahmenhandlung - in gestraffter Form ganz unerbittlich in die Katastrophe treibt. Natur und Naturgewalt, Wissen und Unwissen, Glaube und Aberglaube, an diesen Themen lässt Storm seinen vernünftigen Helden scheitern. Und Ute Helmbold erzeugt mit ihren Bildern genau dieses Klima aus Unruhe und Bedrohung, mit dem das klare Denken von Hauke Haien untergraben wird.

Zwei Farben mit ihren Schattierungen entwerfen die bedrückende Szenerie, wobei das Blau für Meer und Himmel stehen kann, das Grün für die Landschaft. Auch die Menschen haben keine anderen Farben, sie sind fest eingebunden in das Spiel der Elemente. Und mit nervösem, aber immer die Pointe suchenden Strich spiegelt die Künstlerin die in Unsicherheit lebende Schicksalsgemeinschaft der Menschen hinter dem Deich.

Storm charakterisiert sein Personal mit altertümlicher Sprache. Ute Helmbold schildert mit einer leicht ungelenken Kunstschrift die einfachen Menschen, denen geschliffene Rede fremd ist.

Schließlich fügt die Künstlerin einige textfreie Doppelseiten ein, Rastplätze am Rande der Handlung, die dem Betrachter Raum geben für eigene Gedanken. Vielleicht auch eine kleine Verbeugung vor den Erfindern der Graphic Novel, die sich eigentlich Bildergeschichten ganz ohne Worte vorgestellt hatten.

Ute Helmbold inszeniert hier den Untergang eines Hochbegabten, dessen maßlose Überschätzung seines eigenen Könnens von den Naturgewalten gnadenlos bestraft wird. Da bleibt kein Raum für versöhnliche Interpretationen, wie sie von Storm noch angeboten wurden. Aber das ist lange her...

Eichthal, im Juli 2013 — Jens Uwe Jess

Ute Helmbold ist in Bremen geboren und lebt heute in Essen, wo sie Kommunikationsdesign studierte.

Seit 1987 ist sie als freiberufliche Illustratorin für Publikationen der Unternehmenskommunikation sowie für Buch- und Zeitschriftenverlage tätig. Seit 1995 unterrichtet sie Illustration an der Hochschule für Bildende Künste (HBK) in Braunschweig.

Neben Lehre und freiberuflicher Tätigkeit arbeitet sie an zahlreichen freien Illustrations- und Buchprojekten.

Mehr von ihr ist zu finden unter: www.derbildindex.de

Impressum

Ute Helmbold
Der Schimmelreiter
Graphic Novel nach Theodor Storm

Grundlage des vorliegenden Textes ist die Ausgabe im Deutschen Klassiker Verlag von 1988 – ohne die Rahmenhandlung. Die Kernerzählung ist durchgehend schonend gekürzt, im Ablauf aber nicht verändert. Einige Begriffe sind dem heutigen Verständnis angepasst.

1.Auflage 2013

Druck und Bindung: Steinmeier GmbH, Deiningen
Papier: Munken Print white 115g

ISBN 978-3-9811115-9-0

www.edition-eichthal.de

Bezug: Edition Eichthal,
Eichthal 1 in 24340 Eckernförde

Fon: 04351 – 82584
Fax: 04351 – 476092
jess@edition-eichthal.de